Illustration de couverture
*Léon Spilliaert, le restaurant, 1904.*
*Lavis d'encre de chine, pinceau, pastel, aquarelle sur papier.*
*Musées Royaux des Beaux-Arts de Belgique.*

Léon Spilliaert est né à Ostende le 28 juillet 1881 et mort à Bruxelles le 23 novembre 1946 à l'âge de 65 ans.

Peintre, dessinateur, illustrateur et lithographe, il fréquente les milieux symbolistes et est proche d'Emile Verhaeren et de James Ensor.

*Collection Les Sous-exposés*

Collection dirigée
par Anna Menese

Alex Pasquier

# Le vitrail en flammes

roman

Névrosée

Cet ouvrage a été édité pour la première fois en 1930 aux éditions de *La Gaule.* Il a ensuite été réédité en 1941 aux éditions *Labor* et en 1943 aux *Editions de l'Etoile*

# Préface de Frédéric Vinclair

C'est l'histoire d'un coup de folie. D'une perte de contrôle. L'histoire de cet instant précis où le « glacis de civilisation » d'un individu s'effondre.

*Le Vitrail en flammes* d'Alex Pasquier, c'est aussi le parcours implicite d'un homme contraint d'affronter un passé que seul l'oubli lui avait permis de supporter.

Depuis sept ans, dom Maxence Marvillac s'est cloîtré à l'abbaye d'Aubemont. Il s'est fait moine, après avoir mené une vie de compositeur qui ne lui promettait que succès. Il cache un lourd secret : sa conscience écartelée par le remord brûlant d'une passion amoureuse interdite et d'une rivalité fatale. Sept années de calme et de recueillement dans l'enclos feutré et « sans faiblesse » du monastère s'écroulent soudainement : la montagne a rendu le corps de l'ami disparu. Sur le cadavre, des stigmates qui ne sont pas de ceux qu'aurait pu causer l'accident que l'on avait supposé à l'époque...

Appelé à témoigner pour les besoins de l'enquête, encouragé par le Révérend-Père, Don Maxence rouvre le livre de ses souvenirs, et leur fait face.

*

Depuis l'année de son décès en 1963, l'œuvre et le nom d'Alex Pasquier ont disparu des librairies et des histoires littéraires. L'homme était pourtant une figure connue du paysage des lettres belges de son époque. Avocat spécialisé dans la question du divorce, conférencier, animateur, directeur de revues, son œuvre comprend romans, contes, nouvelles fantastiques, essais philosophiques et littéraires, articles, reportages, monographies...

Né en 1888, il publie un premier roman imité de Jules Verne dès l'âge de 14 ans. Il milite, en 1919, pour la création de l'Académie royale de langue et littérature française de Belgique. Membre de l'AEB depuis 1912, il entre au conseil d'administration en 1922, et y occupe successivement les postes de secrétaire-trésorier (1932) et de secrétaire général (1937), avant d'en endosser la présidence de 1951 à 1962. Les lettres de félicitations reçues à l'occasion de son élection témoignent de l'estime dans laquelle son œuvre et son action en faveur des lettres belges étaient alors tenues : on y trouve entre autres les signatures de Roger Foulon, de Max Deauville, de Charles Plisnier, ou encore d'Eugène Flagey.

Les décennies au cours desquelles Pasquier œuvra pour l'AEB y expliquent peut-être la présence – très partielle – de ses archives, comprenant manuscrits, correspondances, coupures de journaux, photographies... Tout l'amoncellement des *traces* d'une vie consacrée au droit et à la littérature.

Il est toujours émouvant de faire connaissance avec un auteur par le biais de ses papiers personnels, ce d'autant plus lorsque, parmi ces écrits, il en est qui rencontrent directement vos goûts. C'est ainsi que j'ai eu la chance de mettre la main sur les pages manuscrites d'une nouvelle datée de 1917, *Le Cerveau électrique*, que les amateurs d'anticipation scientifique pensaient définitivement perdue. Les curieux pourront en trouver le texte sur le site internet de l'AEB.

*

Publié pour la première fois en 1930, réédité au mitan de la seconde guerre mondiale, *Le Vitrail en flamme* occupe une place un peu à part au sein de l'œuvre romanesque de Pasquier.

S'il fait dire à son personnage principal qu'il « n'aime guère les analyses des romanciers qui se disent psychologues (...) presque toujours prétentieuses et fausses », c'est pourtant dans ce roman que l'auteur poussera le plus loin l'exploration psychologique, la description des sentiments, et l'évocation des sous-entendus qui peuvent exister dans les rapports humains.

Contrairement à ses autres romans, il ne s'intéresse pas, dans le *Vitrail*, à des thèmes plus vastes que les relations entre individus. Si, *Une Rédemption* (1912) décrit le milieu estudiantin de la capitale, si *Petit prince* (1919) traite de l'enfance fauchée par le malheur, si *Amoureusement* (1919) et *Dans les ténèbres* (1920) ont pour toile de fond la première guerre mondiale, si *Une Conquête* (1926) est une anticipation sociale, si *Ailes de papillon* (1942) est une cruelle fable sur les désillusions du rêve et de l'imaginaire, *Le Vitrail en flammes* n'est que l'exposition des affres d'un individu confronté à son destin – destin dont la forme prendra l'apparence de Marise, jeune femme inaccessible, puisque mariée. Un destin dont les conséquences vont le rattraper « comme une femme ivre de vengeance ».

À partir d'un microcosme d'amis jouisseurs et voyageurs, « petite colonie insouciante », « cercle de joyeux compagnons » et de « communauté de goût », tout l'art de Pasquier sera de suggérer les failles de ses personnages, leurs petites mesquineries, et ces jugements parfois injustement portés qui peuvent aller jusqu'à détruire les plus sincères des amitiés.

Dans le décor majestueux d'un hôtel des Alpes françaises, on y croise donc Fernand Fortier, camarade de guerre de Maxence, industriel ne vivant que pour ses affaires ; Max Niverlé, journaliste qui, sous ses dehors philosophes, cache mal un caractère soupçonneux jusqu'à l'odieux ; les Fascaux, expéditivement décrits comme de « gros bourgeois insignifiants » et « délicieusement bêtes »... Et bien sûr Risban, le rival, homme de tous les succès, en réalité cynique et insouciant jusqu'à l'égoïsme.

Seule Marise semble exempte de toute faiblesse, hormis celle de l'amour. Car il n'est ici nullement question de libertinage, de passade, mais bien d'un amour réel qui surprend deux êtres et bouleverse leurs existences. C'est l'occasion pour l'auteur d'exposer les affres d'une passion naissante, ses incertitudes, ses enthousiasmes et ses renoncements mélangés, laissant son héros « blessé par tous les ressorts brisés de [son] être, et prêt à toutes les abdications... »

« Ce roman est un poème qui marche », a écrit un critique, Alphonse de Marneffe, lors de la première parution du *Vitrail*. L'auteur de *La Guerre du feu*, Rosny-Aîné, évoquera un roman « plein de vie haute et originale dans la première partie, plus en surface dans la seconde, mais violent à la fin et pathétique ». Mais c'est Armand Sauvage, dans un entrefilet paru dans la revue *Le Thyrse*, qui pointera les qualités du passage de l'histoire dont découle le drame ; ces pages où les rivaux *jouent* la femme aimée dans une parodie grotesque de duel alcoolisé. « Je ne pense pas, écrit le critique, qu'il ait atteint, dans aucun de ses livres, à cette intensité d'émotion. » L'alcool ingurgité par les protagonistes aidant, ces quelques pages font passer abruptement le lecteur de la méfiance à l'amitié, de la haine à la bouffonnerie, de l'admiration au mépris. Nous parlerions, de nos jours, d'ascenseur émotionnel.

Chez cet auteur *humaniste* dont la foi en l'homme ne s'est jamais éteinte, c'est aussi à une courageuse rédemption qu'assiste le lecteur dans les dernières pages du livre, faite du sacrifice de soi et du sens viscéral de la justice. Rédemption qui n'est pas expliquée ni même directement exposée au lecteur : celui-ci n'en connaîtra que la conclusion. À lui d'imaginer le parcours de Dom Maxence d'après ce qu'il aura compris du personnage en ayant lu le roman.

« Ah ! si à côté des merveilleuses machines à calculer, on inventait des machines à comprendre ! » écrit Pasquier dans *L'humanisme et les écrivains belges*, petite brochure publiée à l'occasion de l'Expo 58.

De là à conclure que cette « machine à comprendre » n'est autre, pour Pasquier, que la littérature, il n'y aurait qu'un pas.

Frédéric Vinclair,
Secrétaire de l'Association des Écrivains Belges

# Le vitrail en flammes

# Première Partie – L'Ogive

# I

Aux vents, aux vallées, aux prairies qui s'inclinent, aux sapinières agenouillées dans l'aurore – cloches ! – jetez l'or d'un nouveau jour ! Captives éplorées des tours, robustes bienfaitrices, cloches brunes et cloches blondes, bercez sur votre gros cœur le hameau revêche ; enfermez tout l'horizon dans votre amour, cloches d'Aubemont ! Et doucement, avec une douceur profonde, cloches, balancez le monde !

D'argent noir dans le ciel rouge montent les tours du monastère ; de précision dans les flots des collines, de ferveur dans l'indifférence des solitudes. Il n'importe que le matin, au cœur vif de ce printemps, brille sur l'universel sommeil comme une lampe inutile : l'abbaye veille. Au creux de cette muraille, haute comme un rocher, murmure la suave source de prière.

Intérieur d'église. Pénombre de velours. Partout le rouge chaud voulu par l'Ecole de Saint-Luc : caverne creusée dans le cœur infini de Jésus. Partout le pieux travail d'une décoration méticuleuse : la pensée est ici enfermée dans l'application de mille devoirs d'élèves. Près du narthex, statue assise sur un socle de marbre, saint Benoît regarde de ses yeux vides ramper les siècles.

Dans un luxe dur de chêne ciré, les moines élèvent d'un même mouvement leur chant simple, qui lutte d'austérité avec l'aurore solennelle. Après l'Invitatoire, vigilante reprise de l'oraison, les trois Nocturnes. Reflux de graves consolations qui vient battre les thèmes immuables du psaume, adoucit leur plainte obstinée. Comme on aspire à pleine âme cette grandeur implacable ! Plus rien n'existe de futile : un monde sans faiblesse est créé sous le déroulement de la musique plane. Tristesse farouche, moulures parallèles de la monodie, supplications homologues, et parfois des envolées d'espoir, dans un transport plus mélodieux, parfois des pauses pendant lesquelles tous les moines, courbés, égaux sous les plis noirs de leurs coules, adorent.

Seigneurs humbles et forts de ce château harmonieux, ils prient, leurs regards à tous allant ensemble du bréviaire aux croisées d'ogives. Ils ne se sont salués d'aucune parole. A peine se connaissent-ils, malgré leur vie commune et la déférente amitié qui les unit. Chacun apporta ici son passé, son univers, et ces univers voisinent sans se toucher. Dom Louis de Romée et sa distinction un peu frêle, dom Robert Etienne à la carrure de paysan, dom François Rancier à la douceur fatiguée, dom Maxence Marvillac au front secret, et vingt autres, et dom Norbert de Manteuilles, l'Abbé, face blanche et cheveux gris, le gardien, le Père.

Peu à peu, là-bas, dans la grande nef vide, l'ombre descend et fond. Le chœur s'éclaire. Lenteur saisissante de cette progression ! Un travail anime le large vitrail où palpite une faible ébullition de couleurs. Des remous de lumière bougent. Des bleus luisarnent, des jaunes pétillent, des rouges surgissent. Une flamme s'exhale de proche en proche, hésite, insiste et se déploie en une insoutenable splendeur. Soudain, un rayon percute le coin du dessin ardent et tombe oblique, éraflant l'une des chaînes de la lampe sacrée. Un ravissement irisé rejaillit autour du psaume qui se courbe avec une majesté plus généreuse.

Un jour nouveau. Non, ils ne savent pas ce que c'est qu'un jour, ceux-là qui, dans le monde, ne suivent pas son cours profond de Matines à Tierce, de Tierce à Sexte, de Sexte à None, de None à Complies. Ils ignorent le sens mystique des heures, la confidence insaisissable du temps, et comment les minutes se tressent à la monodie liturgique, et pourquoi la prière se déroule de l'avenir dans le présent en s'imprégnant de sensibilité, puis du présent au passé où elle s'affaisse, lourde d'amour consumé...

Prostration... Dom Norbert lit quelques versets de l'Evangile. La petite heure de Prime s'enveloppe dans les volutes d'autres psalmodies, puis les messes individuelles emplissent la nef de sonneries et de rumeurs. Et un à un, les Pères se retirent par la porte du cloître gothique, tandis que grandit dans une paix rayonnante l'allégresse multicolore de l'église.

## II

L'un d'eux.

Dom Maxence Marvillac. L'un de ces univers, un de ces centres de cercles infinis où prière et amour s'épanouissent pour toucher partout l'absolu. Trente-cinq ans : front haut plein de noblesse, regard qu'éteint une volonté forte, pâleur, assurance et calme.

Dom Maxence a regagné sa cellule. Il ouvre la fenêtre ogivale sur la vallée que domine l'abbaye. La nuit vaincue par le glaive du soleil y laisse traîner sa chevelure, d'où monte cet âcre parfum. La nature paresseuse s'étire et frissonne. Quelle douceur que celle de ce matin ! Dom Maxence respire profondément et reste pensif...

Ses yeux parcourent l'éternel et simple paysage, les routes, la rivière zélée, quelques maisons d'un village reculé, le bosquet qui distille encore du mystère nocturne. En se penchant un peu, il découvre les deux flèches du monastère, déjà toutes légères de clarté. Leur placide orgueil règne sur cette région agricole qu'entourent des hauteurs boisées.

Et le regard du moine s'arrête avec insistance sur ces hauteurs. *Benedictus montes amabat*, Benoît aimait les montagnes ; il se rappelle en souriant cette phrase qu'on dirait extraite d'un thème de sixième et qu'il avait entendue lors de sa première visite à Aubemont. Sept années, déjà, depuis lors. Les montagnes ! Souvenirs : désemparé, il apportait à l'abbaye son cœur brisé aux duretés d'une épreuve trop forte ; c'est dom François qui l'avait accueilli, le Père hôtelier, ce vieillard si bon avec qui il vit maintenant ; après une première visite à l'église – il faut d'abord saluer le Maître de la maison – dom François lui avait montré le cloître, la bibliothèque, les dépendances ; et sa douleur s'était allégée dans l'ombre de ces murs, dans l'ordre de ces jardins, tandis que son guide lui expliquait le pays, les chemins, et pourquoi les abbayes bénédictines étaient toujours bâties en pays de montagnes : *Benedictas montes amabat...*

Cloches ! Leur tumulte se déchaîne encore : obsédantes, à coups innombrables, elles cloueront toute cette journée, comme tant d'autres, à la roue lente du temps. Cloches ! Leurs trésors se brisent au plus haut des cieux en millions d'aumônes et il n'est chaumière, âme ou fleurette qui n'en soit comblée. Car c'est l'*Angelus* diaphane qui danse dans l'air, après quoi, posément, *mezzo-forte*, sept heures sonnent.

Sept heures. Assez de rêverie. Dom Maxence quitte la fenêtre. Finies, les images à fleur de l'eau, la joie cursive des réminiscences. Rudesse. Il reprend sa vie en bois blanc. Toutes les serrures de son calme bien verrouillées, il revient aux angles droits de sa cellule. Le silence est haut comme un édifice. La table : le feuillet vierge comme l'avenir. Reprendre, pierre à pierre, le long travail d'érudition sur les formes musicales au Moyen Âge : chaque moine choisit, selon ses goûts, la tâche dont les portiques et les dômes abriteront, des années durant, la démarche de son esprit.

Le front s'est penché. L'étude est reprise, dans la paix fraîche qui entre par la fenêtre ouverte. Mais quelques coups à la porte : c'est frère Timothée, une enveloppe à la main.

Mouvement de surprise du Révérend Père. Ces *fratres barbati*, au dévouement si doux et si entêté, on ne les voit guère à cette heure matinale dans les couloirs de l'étage. Rapidement, dom Maxence ouvre le pli que lui remet le Frère, qui s'incline sans un mot et disparaît.

*PAX*

*Dom Maxence Marvillac est convoqué après la Messe conventuelle pour une communication urgente,*

*Dom NORBERT.*

D'un bond son étonnement va jusqu'à l'angoisse. Ce billet, qui serait bien insignifiant dans le siècle, ébranle comme un tocsin l'existence du moine. Pour la première fois depuis sept ans, pour la première fois depuis tant et tant de jours, voici un jour marqué d'un événement. Cet événement doit être grave. La tranquillité de dom Maxence s'est écroulée à la violence de la secousse ; tout son horizon change d'aspect et voilà que ce tremblement d'âme va faire surgir, des bas-fonds de sa conscience, une lave qui brûlera tout : le passé.

## III

Après l'heure de Tierce, l'église brasille, rouge et or, au sommet de sa magnificence. Vêtues de hauts reflets, les colonnes-gerbes semblent frémir. Pas un recoin qui ne vibre de clarté ; pas un aspect de ce décor qui ne triomphe dans sa classique perfection.

Saluée par la symphonie éclatante des vitraux, la communauté est revenue au chœur. L'hebdomadier, au pied de l'autel empanaché, s'agenouille ; les moines se signent les lèvres : *Aperi, domine, os meum.* Le sacrifice commence, dans sa parure de mélopées grégoriennes.

Dom Maxence, le cœur battant, le souffle écrasé par l'impatience, suit le déroulement de la Messe. Quels bonds multiplie son âme pour s'échapper ! Car il n'y a plus rien de lui-même dans le chant qu'il profère. Et pourtant le célébrant a levé des deux mains le calice, tous ont baissé la tête devant le miracle de la consécration.

Dans le scintillement de l'autel, cratère couronné d'encens et de lueurs surnaturelles, l'Holocauste divin est consommé. Comme une grande lame fulgurant sous les ogives, une victoire silencieuse flamboie...

*Agnus Dei !* Trois fois les moines se sont penchés ; trois fois la sonnette a tinté et la cloche a laissé choir une syllabe ; trois fois, dans les couloirs, dans les campagnes, les Frères convers, tournés vers les tours, ont plié le genou.

Entouré de félicité, dom Maxence voudrait dissiper les inquiétudes du dehors. Et c'est en tremblant qu'il reçoit, suivant la règle, le baiser de ses Frères :

— *Pax tibi.*

Jamais ces mots ne lui furent plus nécessaires, jamais il ne reçut leurs bulles de clarté avec une telle émotion.

## IV

Elle est là, elle est à prendre enfin, la minute si fébrilement attendue. Il traverse les corridors, descend au cloître. Le soleil magnifie le rythme des arcades gothiques : il faut, ici, traverser des triangles de feu mouvant et des trapèzes de ténèbres orangées. Dans un coin, la grosse pendule de chêne happe paisiblement les secondes, un dernier couloir, une porte ouvragée qu'il franchit après une prompte réponse venue de l'intérieur.

Dom Norbert l'accueille de ses yeux pâles, de son sourire vitrifié dans sa face marquée de volonté incolore.

— Dom Maxence, le Ciel m'impose de lever la loi du recueillement et d'interrompre votre travail. Une communication qui vous concerne vient de me parvenir. Voici des échos du monde que vous avez quitté, mon fils ; voici toute une histoire qui entrera malheureusement assez loin dans vos préoccupations...

Interrogation muette de dom Maxence, bizarre malaise ! Un choc douloureux, et de la prose va se répandre dans le poème de sa vie...

— Il s'agit, vous le soupçonnez peut-être, des événements qui ont précédé votre entrée au monastère, en amenant cette crise morale qui n'a pas été étrangère, m'avez-vous dit, à la découverte de votre vocation. N'exagérez pas ce souci, du reste ; tout fait prévoir que dans moins d'une semaine vous pourrez reprendre parmi nous vos prières et vos recherches.

— Je devrai donc sortir, mon Père ?

— Il faudra, en effet, que je vous donne pour quelques jours votre exeat.

Dom Maxence clôt à demi les paupières. Féroce, musculeux, tout en torsions et en mouvements avides, un grand oiseau bat de l'aile dans sa poitrine, lacérant ses fibres d'un bec rouge ; et il faudrait, à deux poings le maintenir, comprimer sa rage sous les bandelettes blanches de l'impassibilité...

— Il va vous en coûter, je n'en doute pas, d'évoquer les turpitudes de cette vie profane, et d'autant plus qu'il s'agit de laideurs telles...

Mouvement à peine réprimé du moine.

— De laideurs telles qu'elles vous ont déterminé, pour les avoir vues de trop près, à fuir un milieu pour lequel vous n'étiez pas né...

C'est vrai. Tout cela, d'une résurrection imprévue, se remet à grouiller dans le vase de l'oubli... Dom Maxence, après un soupir, ferme son cœur et son visage.

— Je vous écoute, mon Père.

— Reportez-vous à l'année qui a précédé votre noviciat. Vous passiez dans les Alpes françaises, près de Chamonix, de joyeuses vacances. Mais ces vacances, on l'a dit, se terminèrent anormalement. Un accident de montagne emporta l'un des vôtres, le banquier Risban à qui personne ne put porter secours puisque cet accident lui survint au cours d'une promenade solitaire le long d'un glacier. En somme, il y avait là des circonstances inexpliquées, et les journaux de ce matin les précisent,

— De ce matin ? Après sept ans ?

— Vous allez comprendre pourquoi. Il y a donc, disais-je, des circonstances étonnantes. Ce Risban passait pour avoir des relations coupables avec une certaine M^me^ Fortier qui faisait partie de votre groupe, de même que son mari d'ailleurs. On rappelle des détails... Bref, après un si long intervalle, on s'est remis soudain à parler de l'affaire Fortier.

— De l'affaire Risban, voulez-vous dire ?

— Nullement, je dis bien : de l'affaire Fortier.

— Mais pourquoi...

— Parce qu'il est d'usage de désigner une affaire par le nom de l'accusé et non par celui de la victime.

— Ce qui signifie...

— Ce qui signifie ceci, et je suis bien peiné de prononcer ici de telles paroles : on a des raisons de croire que c'est Fortier qui a fait disparaître Risban, l'amant de sa femme.

Dom Maxence s'est levé.

— Mon Père...

— Oh ! Vous vous récriez, je m'y attendais. Vous allez prétendre que de tels crimes ne se passent pas dans le monde que vous fréquentiez. Hélas ! mon enfant, lorsque la passion aveugle l'homme...

— Mon Père, reprend dom Maxence avec un emportement insolite, écoutez-moi bien. Le sort, assurément, m'a éloigné de Fortier. Mais il a été mon ami, mon ami intime. Sur ce que j'ai de plus sacré, je vous jure que...

— Dom Maxence, je ne vous en demande pas tant.

— Je vous jure que Fortier n'a pu commettre un tel forfait. Quelle aberration que cette pensée ! Je pourrais vous dire à peu près ce qui a dû arriver. J'ai passé une partie de cette soirée avec Risban. Nous avions joué, aux dés, quelques verres de whisky : il était très excité. Vers onze heures, au lieu de se rendre à l'hôtel...

— Je sais. L'article que voici rappelle cette version. « Risban aura voulu se promener encore un peu avant de gagner sa chambre. Il faisait une belle nuit de lune. En quelques minutes, du parc même de l'hôtel, on gagne le glacier : l'idée lui sera venue de contempler une fois de plus le paysage incomparable des montagnes dans l'ombre illuminée. Mais il se sera aventuré un peu trop loin et aura glissé dans la crevasse où l'eau devait l'emporter... » C'est l'explication qu'on a donnée, et elle est si plausible que tout le monde s'en est contenté.

— Songez, mon Père... Fortier était l'homme le plus honnête, le plus scrupuleux... Il était incapable de...

— C'est votre avis ? Ce n'est pas celui de la justice.

— Comment ? Est-ce que...

— Fortier est arrêté. Il va comparaitre devant la Cour d'assises d'Annecy.

Une intolérable anxiété pèse sur le souffle de dom Maxence. Après quelques instants dom Norbert continue de son ton calme :

— Et vous êtes cité comme témoin !

Les yeux du moine s'éclairent aussitôt.

— Eh bien, je témoignerai. Savez-vous comment j'ai connu Fortier, mon Père ? Je l'ai connu pendant la guerre. Nous nous sommes rencontrés en 16, lors des préparatifs de la Somme. Depuis, nous fûmes en première ligne, à Sailly-Saillysel, à Bouchavesnes. Ce sont là, j'aime à le croire, des occasions où l'on peut apprécier un caractère...

— Vous témoignerez. C'est bien. Mais songez à une grave question. Vous avez passé une partie de cette soirée avec Risban ?

— Parfaitement. J'ai quitté Risban un peu après onze heures.

— A ce moment, Fortier est venu vous rejoindre ?

Les sourcils crispés, dom Maxence remue pendant quelques instants les eaux profondes de sa mémoire.

— C'est exact.

— Lorsque vous avez pris congé de Risban, vous l'avez laissé seul avec Fortier ?

— Peut-être. Mais il y a si longtemps !... Au moment même où ces faits se passaient je n'y ai pas fait attention ; j'ignorais l'importance qu'ils devaient prendre peu d'heures après !...

— Mon fils, si j'y insiste, c'est que vous allez être interrogé sur ces points. Craignez de vous tromper et de déformer involontairement les faits en raison de l'amitié que vous éprouvez pour l'une des parties. Vous déposerez sous serment, et n'oubliez pas la gravité du serment pour des moines qui se sont consacrés au Dieu de vérité. C'est pour vous éviter un très grand danger que j'appuie sur ces détails qui, au fond, ne sont pas de ma compétence. Réfléchissez donc bien.

Dom Maxence reprend en s'animant quelque peu :

— Mon Père, je n'ai pas à réfléchir. Au moment où j'ai quitté Risban, que celui-ci soit resté ou non avec Fortier, c'est indifférent. Je ne sais plus très bien qui de nous deux, Fortier ou moi, est rentré le premier : tout ce que je sais, c'est que nous ne sommes pas rentrés ensemble. Il faudrait avoir là-dessus l'avis de Fortier lui-même.

— Il dit être rentré le premier.

— Eh bien, ce doit être vrai.

— Malheureusement, un domestique de l'hôtel, nommé Henri Réard, a déclaré qu'il n'en était pas ainsi. Il aurait vu Fortier parler à Risban seul à seul.

— Alors, c'est que Fortier se trompe, comme moi-même. Ce sont là des futilités qui ne peuvent entamer mon opinion en aucune manière. Il est inconcevable d'accuser cet homme : j'en ai la conviction absolue.

— Absolue ?

— Absolue.

— Lisez ceci.

Dom Norbert lui passe un journal où le moine lit à haute voix, appuyant sur chaque mot :

— « Nous avons signalé en son temps l'étrange disparition de M. Paul Risban, directeur du Crédit Central Industriel. L'information conclut à un accident, et l'affaire fut classée. Chamonix n'en fut pas moins consterné de ce drame, qui survenait si vite après l'atrocité tristement fameuse de Blackpherson et de Rebuck, les horribles féaux du Crâne... »

— Eh bien ? Qu'est-ce qu'il y a ? Continuez donc.

Dom Maxence s'est caché le front dans le journal.

— Excusez-moi. Ces précisions me reportent à une époque qui fut pour moi bien cruelle... « L'intérêt de ce fait divers rebondit à raison d'un fait nouveau, d'importance capitale : le glacier vient de rendre sa proie. Le corps de l'infortuné Risban a été retrouvé aux sources de l'Arveyron, dans un état de conservation parfaite. »

Dom Maxence s'arrête, extrêmement ému.

— Vous voyez ? J'avais donc raison.

— Lisez.

— « L'autopsie a révélé divers traumatismes, notamment des marques de strangulation, et les experts estiment qu'avant d'être jetée au gouffre, la victime a dû être assassinée... »

D'un long regard vide, dom Maxence considère le Révérend Père, sans un mot, comme s'il n'assimilait que lentement tout l'étonnement de cette nouvelle.

— Il semble que les souffrances du malheureux n'aient pas été longues. Ceci vous montre combien vous devez être circonspect. Saisissez-vous bien, à présent, l'importance de votre témoignage ?

— Vraiment, je ne puis dire... Ces constatations me déconcertent. Quel effort je dois faire pour y croire ! Ainsi, il faudrait supposer une agression... Mais cette agression ne peut être le fait de Fortier ! Cela, je le crierais jusqu'à mon dernier souffle.

— Je fais des vœux pour que votre avis puisse prévaloir. Mais soupesez bien chaque mot de votre déposition. Le procès commence la semaine prochaine : vous êtes cité pour mardi.

— Mon Père, j'ai une grâce à vous demander. A cette époque, j'ai noté mes impressions. Pour raviver mes souvenirs et pouvoir répondre aux questions, je voudrais relire...

— J'y ai pensé. J'ai préparé votre pli. Tel que vous me l'avez remis à votre arrivée, le voilà.

L'Abbé tire de son pupitre un paquet muni de quatre cachets rouges et vers lequel dom Maxence tend aussitôt la main : il reconnait le papier, la corde qu'il a nouée lui-même, jadis, quand il scella ces pages qu'il croyait ne plus ouvrir, ce passé qu'il croyait bien révolu...

Heureuse idée, en somme, que celle de les avoir conservées à tout hasard. Mais les moines ne peuvent rien posséder : il avait dû les confier aux archives du monastère, avec mission de brûler ce dépôt à son décès.

L'Abbé incline la tête avec un très faible sourire :

— Non, dom Maxence, je ne vous le donne pas maintenant. Pas de hâte, pas d'impatience, mon fils. N'oubliez pas que vous avez des observances. Toutes les heures de ce jour appartiennent à notre divin Maître. D'avoir évoqué tout ceci, je vous vois presque fiévreux. Cela ne peut pas être. Après le repas de midi, pendant la récréation, vous sortirez dans les jardins, vous vous promènerez quelques minutes. Puis rentrez à l'église et passez l'après-midi en prière. Demandez surtout la force de revivre d'un cœur calme des sentiments auxquels vous avez renoncé, de revoir le siècle et de revenir ici avec un amour plus grand encore de notre sainte demeure. Lorsque vous aurez bien médité cette oraison, et que vous vous sentirez prémuni contre toute défaillance, alors seulement vous ouvrirez votre cahier. Ce soir, un Frère le portera sur votre table de travail. Vous le trouverez après Complies. Rentré dans votre cellule pour la nuit, vous allumerez votre lampe et vous lirez. Allez en paix, dom Maxence.

# V

La tour superbe a ses moments de bonne humeur. Le héraut articulé qui bouge sous les abat-sons déverse douze sphères de bruit doré dans l'air éblouissant. Gratitude ! Partout on pose la plume. Midi décroche l'attelage des mots dans la phrase à l'arrêt. Les Révérends Pères quittent un à un leur cellule et se retrouvent dans le couloir du réfectoire. Aux faibles coups de l'Angélus, ils se tournent vers une Vierge de bois, là-bas, au fond du corridor, et s'inclinent en effeuillant l'humble fleur d'une prière.

Puis ils forment les rangs et pénètrent dans le vaisseau élevé où les tables sont alignées en fer à cheval, le long de la muraille. Chacun gagne sa place et attend, debout, que cesse le froissement des semelles. Enfin, au dernier lambeau de bruit, une voix agile suspend les premières notes du *Benedicite*, et le chœur reprend, répète à milliers d'exemplaires cet intervalle de tierce mineure, fleur noire au centre de laquelle, chaque fois, grelotte une irrémédiable anxiété.

« La création tout entière a les yeux tournés vers vous, Seigneur ; et vous distribuez à chacun sa nourriture en temps opportun. Daignez ouvrir votre main et bénir tout être vivant... »

D'un geste, l'Abbé attire la grâce sur l'assemblée et sur le Père lecteur qui, prosterné devant lui, se relève, va prendre place dans sa loge pour dévider les « Confessions » de saint Augustin, passées au rabot d'une monotonie absolue. Les moines s'asseyent chacun dans la cage de verre d'une componction sommaire et neutre. A un nouveau signe de l'Abbé, ils rejettent tous ensemble leur capuchon, d'un même mouvement d'automates, et les Pères dont c'est la semaine de servir s'avancent en portant les plats.

La Numidie au temps de saint Augustin... Les plaines d'une longue mélopée monocorde sont piquées çà et là par la grêle argentine des fourchettes. Devant son bol de légumes et de viande, dom Maxence ne bronche pas de son sarcophage d'indifférence. Les paroles ricochent sur son attention : « L'absurde foi des Manichéens... Si le Seigneur a loué la justice d'Abraham, Isaac, Jacob, Moïse et David... De même que si quelqu'un qui n'aurait jamais ouï dire comment il faut s'armer, entrant dans un arsenal, se couvrait la tête de cuissards et s'armait les jambes avec un casque, puis se plaignait que ces armes seraient mal faites... »

Non, dom Maxence ne parvient pas à comprendre. Impossible de détruire le Monde, le Monde où il va retourner, qui déjà l'entoure, qui envoie ses prolongements dans les interstices de son cerveau, qui suce sa pensée sous ses ventouses adéquates. Son esprit est bien loin déjà. Il n'a même pas remarqué que dom Louis, l'un des serveurs, a laissé tomber une cuiller, qu'un bruit mat a bossué le silence et que le Révérend Père est venu faire satisfaction, au pied de la Croix, jusqu'à ce qu'un regard de l'Abbé l'ait absous. L'un après l'autre, les convives ont terminé leur repas, vidé leur verre d'eau ; les yeux levés, ils savourent le dessert spirituel de la lecture, *cibus cibo melior...*

C'est fini. Le vase circule de mains en mains où les commensaux, respectueux de leur pauvreté, recueillent les miettes emblématiques : *colligite fragmenta ne pereant.* Une mélodie baroque remue soudain sa tête masquée dans la lecture et le Père, au milieu d'un mot, coupe le courant de son livre. Le reflux du psaume reparait et les moines, deux à deux, se rendent à l'église pour les actions de grâces.

# VI

Les jardins monotones, si bien sarclés, mièvres comme une âme d'enfant.

Dom Maxence suit le dessin des bordures de buis. L'encens de la terre se charge de fièvre ; l'ornement des arbres est d'une lourdeur indiscrète. Marcher, marcher sans écho dans le temple des Champs, entre les piliers d'or du soleil.

Mais, si élémentaire que soit la géométrie du parc monacal, il y a trop de griserie dans l'air. Trop de torpeur, pour des tempes pâles, dans les alcools bleus de l'azur. Dom Norbert avait oublié le renouveau. Coïncidant bien avec l'horizon enflammé, le disque du printemps grésille et pèse partout sur le sol bruissant. Dans la brise trop parfumée, elle est douce à faire défaillir, la voix des lointains frisselis des blés penchés, dentelle des oiseaux, rumeur du travail aux guérets. Seules durent dans leur rigide majesté, centre ordonnateur de toutes les vassalités voisines, les deux tours presque invisibles dans les rayons.

Pour retrouver la discipline qui lui échappe, dom Maxence contourne les bâtiments claustraux et gagne le cimetière. Il n'est qu'une cour étroite entre l'abside et le bord du ravin. Une épaule de rocher soutient les tombes frustes de ceux qui cheminent ici dans l'immobilité infinie.

C'est donc ici que l'humble moine vient déposer le fardeau de sa destinée. Ici, à deux pas du foyer où il a vécu son abnégation. Grande et morose aventure que la sienne !

Jusqu'à ce que les années le courbent vers le sol, il s'efforce d'aimer, de mériter, il se pénètre de charité, il tend ses forces vers la perfection ; il exalte dans son insatiable amour ce monde ricaneur pour lequel il souffre... Jusqu'au jour où de ce long et touchant sacrifice, il ne restera qu'une croix mince et un frisson d'herbe sur la terre. Ayez pitié de lui, Seigneur !

Et vous aussi, dom Maxence, vous viendrez ici... Gavez-vous de cette certitude, savourez-la, laissez-en grouiller les glaciales couleuvres dans votre pauvre cervelle. Ici sera votre bonheur essentiel ; que les soucis extérieurs se dissolvent donc dans la terreur de cet espoir !

Dom Maxence s'incline sur ce rectangle de gazon qui lui est réservé. Il contemple les parcelles d'humus qui recouvriront son cercueil ; il en écrase entre ses doigts la chaude et vivante humidité.

Une accalmie a lénifié ses pensées quand il relève la tête. Solitude et pardon ! Partout la paix ordonnée du cimetière... Une cloche lointaine... La brise dont le murmure quelconque s'arrête dans les ifs... Trois heures au cercle bronzé de la tour, trois heures au cercle bleu du ciel, trois heures suspendues sur toute l'éternité.

# VII

La None ; les Vêpres glorieuses ont régné. La haute sérénité de l'après-midi sur la campagne entre par les vitraux. Dom Maxence est demeuré seul dans la nef. Faste ! Les rayons parallèles des fenêtres tournent ensemble, horloge divine, sur le cadran rouge des colonnes. La fleur incandescente de l'église s'exalte, frangée d'ombre et de feu, plus ardente à mesure que se déploie la pourpre du soir.

La prière n'a pas été la plus forte. Les fantômes s'arrêtent devant les yeux de dom Maxence ; une voix l'appelle, une de ces voix muettes qui parlent parfois dans nos rêves. Il se décide à revenir auprès de l'Abbé, qui le reçoit sans surprise dans la quiétude hermétique de la chambre où il travaillait.

Courbé, le moine demande par son attitude à être relevé du mutisme obligatoire.

— Excusez-moi, mon Père. Je me suis consumé en songeries au sujet de la communication que vous m'avez faite. Je suis convoqué pour mardi devant la Cour d'Assises ; or, il me semble que je ferais œuvre utile en partant dès demain pour entreprendre des démarches en vue de la libération de Fortier.

—J'approuve votre dévouement, dom Maxence, et

pour vous permettre d'exécuter votre charitable projet, je vous autoriserai volontiers à partir demain...

— Je vous en supplie, mon Père.

— Mais croyez-vous qu'un zèle intempestif ne soit pas de nature à...

— Non, mon Père, non.

— Aboutirez-vous ? Vous êtes convaincu de l'innocence de votre ami, je le veux bien, mais avez-vous les moyens de faire partager votre conviction à ceux qui peuvent ouvrir les portes de la prison ?

— Si j'entreprends cette tâche, c'est pour réussir.

— Pourquoi cette assurance ?

— Pourquoi ?... Parce que j'apporterai à la justice l'aide de celui qui connaît à fond l'âme des trois personnages de cette pénible histoire : Risban avec qui j'ai précisément passé la soirée qui a précédé sa disparition, Fortier qui était mon ami, et... M^me^ Fortier, la femme de mon ami.

— M^me^ Fortier ?

— Oui, M^me^ Fortier (dom Maxence est devenu très pâle), M^me^ Fortier que l'on accusait de pécher avec Risban, mais qu'un autre... aimait aussi...

—Et cet autre, c'était...

Hagard, éperdu, dom Maxence voudrait ne plus exister... Il baisse la tête, se prend le front et soudain un sanglot le déchire. L'Abbé cède à une brève indignation.

— Malheureux ! La femme de votre ami...

Une souffrance atroce serre la gorge du moine et lui brûle de larmes les paupières. Des hoquets s'arrachent de sa poitrine et l'on ne voit sous ses poings que ses lèvres mouillées, toutes tordues par le rire hideux de la douleur.

Après un temps, l'Abbé vient prendre le bras de dom Maxence.

— Remettez-vous, mon enfant. Dieu vous a pardonné. Je savais que vous aviez traversé une crise. Votre aveu d'aujourd'hui ne fait que préciser un mal dont je me doutais vaguement, et au sujet duquel je ne vous ai d'ailleurs jamais demandé d'explication. C'est bien par une de ces impénétrables intentions de la Providence que ce péché vous a fait naître à la vraie vie et conduit ici...

Long silence encore, oppressé, entrecoupé, puis dom Maxence :

— Mon Père... Je vous remercie... Vos paroles m'ont fait tant de bien. Vous comprenez maintenant que je suis peut-être le seul à pouvoir renseigner la Cour sur toutes les circonstances qui ont précédé le drame. Je dois donc me mettre à sa disposition sans retard. Pourtant, j'ai encore une grâce à vous demander. Je me suis confessé avant mon entrée au monastère : mais cela ne suffit plus aujourd'hui. Je voudrais, avant de partir, avouer à la communauté la faute de cet amour...

— Je ne puis vous refuser cela, dom Maxence, dit l'Abbé gravement. Et ce sera pour aujourd'hui même, puisque vous nous quitterez demain...

Avec effusion, le moine baise l'Anneau et sort, ravagé déjà par la joie effrayante de l'épreuve vers laquelle il va.

# VIII

Complies.

La cendre des vitraux refroidit. Le soir se referme sur l'église.

Les flammes baissent aussi dans le cœur de dom Maxence et après la torture voici enfin des promesses de miséricorde.

Tout à l'heure, devant la communauté réunie au chapitre des Coulpes, il s'est confessé. Debout, au centre de la grande pièce carrée, il a dénudé son âme, dans la sonorité des murs qui ne lui firent grâce d'aucune syllabe. L'ont écouté ses frères à la fois si proches et si lointains, mais qu'il a depuis longtemps appris à aimer. Plusieurs fois, des vagues de honte et d'amertume ont battu les fronts. Puis, haletant, brisé, le faix de son péché à ses pieds, vidé de sa turpitude, exsangue, avec le stylet de cet amour coupable demeuré dans ses chairs, dom Maxence a expié.

Complies. Le psaume sonne plus caverneux dans le sanctuaire agrandi. Une seule lampe brille sous la clé de voûte : le déambulatoire, le transept et là-bas la nef déserte entrent progressivement dans l'abstraction. Une clarté précise – cercle posé imparfaitement sur un rectangle – couvre les quatre rangées de coules.

Complies. Plus pressante est ce soir l'imploration de ces voix rudes. L'une d'elles frémit et supplie...

Comme aux jours de réjouissance, comme aux jours de tranquillité, l'Office se déroule dans son ordre millénaire. Tous ensemble, les Pères se lèvent aux *Gloria Patri*, inclinent devant la Présence auguste leur dignité de prêtres. Et parmi eux, parmi ses frères qui savent, qui le connaissent à présent, dom Maxence prie.

Très loin, très haut dans les architectures passent les vibrations assourdies de huit heures. Cette fois, la féerie du vitrail est morte. Ce qui fut jadis sa vie fougueuse, au jeu d'artères de sa clarté, n'est plus visible qu'en diagramme grisâtre grâce au luminaire intérieur. Et dom Maxence, lui aussi, devant sa jeunesse défunte, sent s'éteindre sa ferveur dans l'asile effrayant du renoncement.

Lentement le chœur descend dans l'épouvante. La lampe dessine sur les murs, en festons gauches, la rangée de gâbles qui surmonte les stalles. Comme dans une forêt pleine de sortilèges, des reflets passent dans la futaie des piliers sanglants. Une gargouille s'esclaffe. Des vampires accrochent aux chapiteaux l'ongle de leurs ailes et soufflent leur âme maudite dans les noirs feuillages. Des démons aplatissent leurs rires dans des listels de cuivre. Des échos se dérangent sous les arcades éloignées ; pour d'infâmes marchés des escarboucles clignent l'œil. Et les voix persévérantes deviennent des plaintes de fous dans la nuit, des objurgations de suppliciés devant un roi barbare...

Non, non... Il est temps que cette sorcellerie cesse. Un silence énorme se gonfle soudain et se balance aux voûtes. Voici retomber les accents de la dernière prière. Une bénédiction de l'Abbé (l'ombre du goupillon meut sur la pierre l'affirmation inquiétante d'une tête camuse) et les moines quittent le Saint-Lieu.

Quelques-uns s'attardent, pour une ultime adoration, devant les autels presque effacés. Leur balbutiement, comme leur silhouette, se perd dans les dimensions implacables des ténèbres. Bientôt un frère convers énumère les claquements de ses pas sous l'écho des ogives et va éteindre la lampe du chœur. Aussitôt l'église s'abîme dans l'ombre oscillante, suspendue à la pointe d'or de la veilleuse sacrée.

Dom Maxence s'est retiré le dernier. Le silence de nuit, absolu et inviolable, est tombé depuis Complies et pèsera jusqu'à l'heure de Prime. Seules les cloches énergiques éparpillent de quart en quart leur chanson illuminée.

Il traverse le cloître. Un peu de lueur palpite entre les meneaux. L'horloge décortique les secondes en heurtant ses gencives de bois. Par moments, au centre du préau, la fontaine soudain plus passionnée avive son infatigable sanglot.

L'escalier en vis de Saint-Gilles le conduit au couloir des cellules. Dom Maxence pénètre dans la sienne. Le manuscrit est là, déposé sur la table, armé de ses cachets intacts...

Mon Dieu ! Mon Dieu ! Il a tant désiré cet instant au cours d'une journée sans fin et voilà qu'à présent exorcisé de son roman, il redoute de s'y plonger...

Mais les décisions dont il a fait part à dom Norbert l'exigent. La cire éclate sous son doigt nerveux, le rempart de papier s'écroule. Voici les feuillets. Comme il y en a ! Un effluve en émane qui précipite le bond de son sang. Dans le poème brisé de sa vie monastique se précipitent un frisselis de phrases faciles, un reflet d'images simples, un rappel d'émois familiers. Des nœuds de l'écriture se délie son âme de jadis... Les lentilles de quelques larmes déforment les lignes...

Il se lève, il va vers la fenêtre. Les ténèbres de velours sont hautes sur le recueillement des campagnes. La rivière chuinte au barrage du moulin. D'un coup d'éventail la nuit de diamant émeut les grandes fleurs de la brise. Pourquoi pleurer ainsi, dom Maxence ? Parce que deux yeux, un visage apparaissent dans les tourbillons d'étoiles, parce que le souffle des solitudes murmure un nom ?

Il faut pourtant revenir à la table, étouffer le gémissement de cette tendresse égarée, interdire à des regards extasiés de se perdre hors de ce rectangle blanc. La première page est bien lourde dans sa main crispée, mais les autres se succèdent rapidement et d'heure en heure hallucinée, avec un autre cœur, il montera dans son passé vivant.

Et il n'y aura plus rien, par l'étendue houleuse des feuillages, qu'une minime ogive éclairée dans le masque noir des tours et des murs ; et plus rien que les cloches parlant aux cieux tournoyants, aux chaumières, aux ravines, aux sapinières agenouillées dans le clair-obscur ; aux prairies qui s'inclinent, aux vallées, aux vents...

# Deuxième Partie – La Rose

# I

Dinard, 22 mai.

Les facéties d'un train en retard avaient rompu, ce jour-là, la monotonie du voyage, et quand l'espiègle locomotive salua de son cri la gare de Dinan, il était minuit et non 22h50 comme l'aurait naïvement voulu l'indicateur. Je fus délivré d'une vive appréhension en voyant que le tortillard charitable, lui-même en rupture d'horaire, fumait encore sa grosse pipe, et quelques minutes après, nous cahotions consciencieusement vers Dinard.

On avait ouvert une fenêtre et la nuit chaude envoyait jusque dans le wagon l'arôme enivrant de la mer. Je sentais s'alourdir la fièvre des départs : depuis midi régnait sur mes nerfs l'inflexible cadence des rails ! Il me tardait de retrouver Fernand Fortier, mon camarade de guerre, que je n'avais plus vu depuis plusieurs années et que j'allais rencontrer là-bas dans un cercle de joyeux compagnons. Je m'étais même décidé à interrompre la préparation de mon concours de Rome lorsque je sus par un ami commun, M. de Sarcourt, que Fortier était à Dinard.

Mais que de kilomètres, bon Dieu, avant d'y parvenir ! Comment serais-je accueilli à une heure si insolite ? Mes camarades, désespérant de me voir apparaître, n'auraient-ils pas gagné leur chambre depuis longtemps ? Peut-être le portier de l'hôtel aurait-il lui-même capitulé devant l'assaut du sommeil ?

Je me trompais. Peu après l'arrivée du train à Dinard, l'omnibus me déposait au seuil de l'Atlantic. Entre des massifs de plantes, le somptueux vestibule scintillait encore. J'entrai, tandis qu'on enlevait mes malles. Les dorures, les miroirs, les tapis et les nattes multicolores rafraichirent mes regards fatigués par la nuit des voies ferrées. Personne ne dormait ici. Derrière les glaces du bureau, les lampes aux abat-jour verts brillaient toujours sur la blancheur des registres. Je perçus même des bouffées de jazz, avivées de temps à autre par une porte qui s'ouvrait.

M. de Sarcourt, la main tendue, vint vers moi.

— Vous voilà enfin, André !

— Avec quel bonheur je vous retrouve ! Et Fernand Fortier ? Est-il ici ?

— Il me jurait, il y a un instant, que vous aviez manqué le train. Tenez, le voilà !

Je le serrai sur ma poitrine, ému aux larmes de retrouver ses bons yeux enfantins, son front grave, son sourire toujours vaguement distrait mais qu'animait, ce soir-là, un vrai bonheur.

— Ah ! mon vieux, mon vieux, disait-il, n'est-ce pas une misère que de se séparer, après la vie que nous avons vécue ? Ainsi, nous ne nous serions plus revus si le hasard ne nous avait réunis aujourd'hui ? Assez de ce régime : tu vas me promettre de venir à

Saint-Etienne... Je vois que ta santé est bonne... Tu es marié ?

— Non. Et toi ?

— Tu vas voir ma femme. Elle sera heureuse de te connaître : je lui ai parlé de nos radieuses souffrances, là-bas !

Nous nous étions quittés à l'armistice ; accaparé par ses projets industriels, il séjourna aux Etats-Unis, puis revint pour fonder, aux environs de Saint-Etienne, une importante usine. J'avais entendu parler de la Société des Moteurs Ixion, mais absorbé moi-même par ma musique, j'avais perdu Fortier de vue, bien qu'ayant souvent pensé à lui. Nous allions gagner le café pour nous y attabler gaîment, ayant tant de choses à nous dine, quand M. de Sarcourt intervint :

— D'abord les affaires sérieuses. Voulez-vous venir, André, je vais diriger votre installation.

L'inépuisable dévouement de M. de Sarcourt faisait de lui le président de cette sorte de club dont les membres se réunissaient deux ou trois fois l'an sans autre but que de voyager ensemble. C'est lui qui organisait les randonnées, retenait les hôtels et savait, comme pas un, diriger de substantielles excursions. En ces vacances de Pâques, le cercle s'était établi pour une semaine à Dinard.

— Donnez-moi des nouvelles, dis-je à M. de Sarcourt, tandis qu'il m'accompagnait dans les couloirs. Etes-vous content de votre séjour ici ?

— Tout va bien à bord. Comme vous le voyez, ce palace est clair et confortable. Rien ne nous manque : temps délicieux, compagnie aimable et bonne humeur obligatoire. Vous retrouverez notre brave docteur Gérin, ses enfants Octave et Rosette, M. et Mme Fascaux, le journaliste Max Niverlé, un homme plein d'esprit et de cœur. Compagnie aimable, vous dis-je ! Vous m'approuverez quand vous aurez entrevu Mme Fortier : une beauté, une grâce, un talent...

— Un talent ?

— Mme Fortier joue merveilleusement du violon, paraît-il. Enfin, il y a M. et Mme Durnal...

— Et Mlle Durnal ?

— Ah ! Vous me demandez des nouvelles de notre petite Nelly ? Elle est, grâce à Dieu, mieux portante que jamais. Elle vient de se retirer avec ses parents. Mais demain, elle sera contente de vous voir.

Contentement que je partagerais d'ailleurs. Je devais songer à me marier et Nelly ne me déplaisait pas... Ah ! Les beaux moments ! Ma vie allait en deux-quatre, *animato !*

Quelques instants après, je redescendais de ma chambre et je retrouvais mon ami au café. Dans la fatigue du voyage, dans mon étonnement d'avoir changé de milieu et interrompu mes travaux, je sentais rayonner en moi, pour mille raisons obscures, une profonde satisfaction. C'est à peine si je m'aperçus de ce que, depuis la guerre, nos psychologies avaient évolué dans des directions différentes. Lorsque je parlai à Fortier de mes projets, je fus frappé de son incompréhension totale de la musique, de son indifférence à l'endroit de ce qui était l'essentiel de ma vie. Naguère, dans les tranchées, ce détail m'avait pour ainsi dire échappé : d'autres sentiments, d'autres émotions nous dominaient. D'ailleurs, je n'attachai, ce jour-là, aucune importance à cette remarque. N'étais-je pas moi-même absolument étranger aux projets industriels qui semblaient l'obséder ?

Nous étions demeurés seuls depuis longtemps devant la table de marbre, lorsque le jazz cessa enfin de jacasser dans le hall. Peu après apparaissaient deux jeunes femmes en toilette de soirée. Rosette Gérin, mince et gentille, vint en riant me décocher un *shake-hand.* Fortier s'était levé.

— Ma femme, dit-il, Marise, je te présente mon excellent ami le compositeur Marvillac.

Je la regardai, non sans intérêt, après ce que j'avais entendu dire. Très belle, en effet, je ne pus qu'admirer les lèvres dont le dessin me sembla fort gracieux, et surtout les yeux immenses, des yeux qu'on aurait dit incendiés de passion et de tendresse. Somme toute, M. de Sarcourt avait raison.

Nous gagnâmes ensemble l'ascenseur, dans un brouhaha de joyeux devis. J'avais senti pénétrer assez profondément en moi le regard curieux que me donna Mme Fortier. Quelques plaisanteries s'échangèrent, puis nous primes congé l'un de l'autre, et j'emportai l'impression que la beauté de Rosette Gérin, qui passait pourtant pour une jolie fille, souffrait énormément du voisinage de sa compagne.

## II

Il est peu d'instants aussi agréables, en villégiature, que ceux qui suivent le breakfast, alors que les groupes se forment pour les excursions ou les jeux, chacun préconisant ses projets, dans le bel enthousiasme des préparatifs. La petite salle à manger du palace – elle pouvait contenir deux cents personnes – était, ce matin-là, fort animée. J'avais eu le plaisir de retrouver M^me^ Fortier et ses « yeux immenses ». Son mari s'affairait à dépouiller des lettres. Près de lui mangeaient honnêtement M. et M^me^ Fascaux, de gros bourgeois tellement insignifiants, tellement pareils à des milliers d'autres, qu'il me serait impossible de les caractériser par le moindre trait. J'allais quitter la table quand la famille Durnal entra.

M. Durnal se montrait identique à l'image que j'avais de lui : grand, figure maigre à barbiche grise, immuablement soucieux et portant déjà les accessoires sans lesquels je ne l'ai jamais vu en voyage : un caban, un appareil stéréoscopique, un Guide Bleu et une flore. M^me^ Durnal avait beaucoup de finesse et d'élégance. Et il me fut donné enfin de serrer la main de Nelly. Elle venait d'avoir vingt ans. Je contemplais sa vaste chevelure blonde, son visage ravissant et coquet. Je lui dis quelques mots plutôt embarrassés ; je crus cependant déceler en elle quelque nuance de ces marques d'encouragement dont les femmes connaissent d'instinct les gammes savantes, et je décollai aussitôt pour le septième ciel.

M. de Sarcourt vint à ce moment me présenter Max Niverlé. Jovial, un peu hâbleur, très juvénile bien qu'ayant dépassé la cinquantaine, le journaliste ne tarda pas à se révéler le boute-en-train de la bande. Il était en costume de tennis et cherchait à former des équipes :

— Voyons, Monsieur Marvillac, vous ne refuserez pas de jouer une partie avec nous. Rien ne peut mieux vous convaincre des qualités vivifiantes de l'air que vous allez respirer ici. Vous aurez d'ailleurs une charmante partenaire en la personne de M^lle^ Durnal.

— Bien volontiers. Et contre qui jouerons-nous ?

— Contre M^me^ Fortier et votre serviteur. Je vais faire porter les raquettes. Le court est à deux minutes d'ici, je vous conduirai.

— Bonne chance, me dit Fortier, toujours plongé dans ses paperasses, et tâche de ne pas te faire battre trop vite.

Nous sortîmes : le vent des jardins nous jeta ses fleurs fraîches. Le court, aménagé à mi-hauteur d'une colline, dominait la mer. Tout était prêt, les équipes prirent position. Nelly et moi nous signâmes d'un bon sourire notre traité d'alliance. Devant nous attendaient Niverlé et M^me^ Fortier de blanc vêtue, plus jolie que jamais. Je devais être le premier servant et gagnai ma place. Play ! La balle partit, bien envoyée en diagonale à Niverlé qui lui fit bon accueil, et le jeu commença.

Une indicible joie, à ce moment, comblait mon cœur : joie de mon amour, de ma jeunesse robuste, joie de mes mouvements harmonieux, joie de ce printemps triomphal. De l'endroit où je me trouvais, à gauche de la ligne de fond, se découvrait toute la plage. Des enfants jetaient des cris de toutes couleurs et agitaient une clameur de petits drapeaux. Plus loin, la mer éclatante roulait dans la lumière. Eblouis, les visages blancs des grands hôtels ouvraient les tentes rouges de leurs fenêtres comme des paupières délicates. L'azur intense vibrait partout et ses cataractes muettes venaient glacer délicieusement mon front.

— Attention, Monsieur Marvillac !

J'avais manqué une balle et Nelly me le reprochait.

— Défendons-nous, dit-elle. Ils jouent serré, et pas mal du tout.

Ils s'adjugèrent le premier jeu et la partie continua, bien conduite. Niverlé, qui au début nous faisait rire par des réflexions saugrenues, concentra ses moyens. En face de moi, M^me^ Fortier, d'une bondissante légèreté, ne perdait pas un coup,

Ces souples jeunes femmes me paraissaient d'instant en instant plus troublantes. Il est bien ridicule de faire de tels aveux, mais je crois qu'un des plus beaux moments de ma vie fut celui où, changeant de camp au second jeu, nous restâmes quelques minutes à échanger d'innocentes plaisanteries, ardents et un peu essoufflés par la gentille lutte que nous menions. Et puis mille projets sautillaient dans ma tête : j'épouserais Nelly, notre ménage serait délicieux ; M^me^ Fortier serait notre meilleure amie et nous la recevrions souvent... Ainsi la capiteuse intimité de ces journées n'aurait pas de fin.

Comme nous étions d'égale force, la partie fut fermement disputée. Plus rien n'existait pour moi en dehors de son rythme souple. La balle traçait un sillon de feu dans le soleil et brisait son vol de raquette en raquette avec un bruit mat. J'oubliai le cadre grandiose, les balbutiements de la brise, la basse continue de l'Océan... Je jouais. Lorsque, à la cinquième série, après un avantage à notre équipe, je perdis deux points, l'impatience me gagna. La petite sphère, immatérielle dans les feux de l'air, se dérobait à mes efforts. Les regards ironiques de Mme Fortier me le confirmèrent, et je m'en irritai sottement.

— Vous êtes fatigué, Monsieur Marvillac, me dit Niverlé.

Non, je n'étais pas fatigué, mais une invasion de sentiments confus progressait en moi. L'amour-propre me harcelait, j'aurais voulu briller, forcer l'admiration de mes partenaires, et comme je m'énervais je n'accumulai que maladresses. Pourtant, vers la fin, notre jeu se redressa. Appliqué, soucieux, je livrai la dernière balle, qui enleva la victoire. Au même moment, nous appelait le gong du lunch.

# III

Notre groupe se retrouvait au complet à l'heure des repas et la gaîté, à laquelle Niverlé contribuait pour plus que sa part, n'y manquait jamais. On nous avait installé une seule grande table, et les préférences eurent tôt fait de distribuer les places d'une manière qui resta inchangée. J'avais à ma droite M^lle^ Durnal, presque en face de moi, M^me^ Fortier, à ma gauche, Rosette Gérin. A l'autre bout, Niverlé échangeait des reparties avec le docteur, et les rires fusaient des hors-d'œuvre au dessert.

Après quelques jours, je constatai que je prenais à nos réunions un plaisir grandissant. Une amitié s'établissait entre ces personnes qui, grâce à une communauté de goût, d'éducation, d'humeur, semblaient faites pour s'entendre. Mais c'étaient surtout les présences féminines qui créaient un charme. Mon âme prenait un peu d'ivresse aux regards sombres de M^me^ Fortier, un peu d'enchantement aux traits extatiques de Nelly, un peu de joie folle au sourire capiteux de Rosette Gérin et bientôt je m'aperçus que ces mélanges de jeunes femmes me montaient un peu à la tête,

Nous fîmes, le lendemain de mon arrivée, une longue promenade à la Vicomté, jusqu'au golfe de la

Rance. Une paix absolue dominait le vaste plan d'eau; la rive opposée traçait, entre les miroirs de l'onde et du ciel, une ligne verte que dentelaient les clochers de Saint-Servan. Mon Dieu, que de souvenirs me restent de ces heures qui furent si belles ! Le danger qui me menaçait ne s'était pas encore précisé ; il s'esquissait à peine et n'avait pas commencé à m'effrayer. Presque toujours j'accompagnais M^me^ Fortier et Nelly, laissant loin devant nous le groupe bruyant de nos compagnons. Nous parlions de Wagner et de Stravinsky, et bien souvent ma pensée chavirait dans le bonheur...

Le jour suivant, le temps se gâta et amena de l'orage. Une fraîcheur tomba tout à coup : sous le ciel gris, la mer rétracta frileusement ses lames couleur de fer, avec une douceur insidieuse qui ne faisait rien présager de bon. On n'entreprit pas d'excursion ce matin-là et vers dix heures, tandis que je revenais d'avoir été entendre la messe dominicale à l'église rustique de Saint-Enogat, un premier crépitement de pluie me contraignit à une retraite précipitée sur le palace.

Du reste, il y avait de l'électricité ailleurs que dans l'atmosphère. Je ne sais quelle trépidation ébranlait mes nerfs : les médiums qu'impressionne, dit-on, l'imminence des grands événements doivent connaitre cela. Je croyais vivre dans l'attente d'un bonheur ou d'un malheur. L'anxiété que j'en éprouvais doublait d'un retentissement intolérable ou exquis, suivant les minutes, les faits les plus menus de l'existence oisive que je menais alors.

L'orage n'éclatait pas, mais il couvrait de sa lourde présence le ciel suffocant. Un secret instinct me conduisit à la salle de musique. Fortier, enseveli dans un fauteuil-club, lisait des revues techniques. Je ne vis que lui tout d'abord, mais mon cœur s'accéléra : Mme Fortier, derrière le grand Steinway, dépouillait ce tas de morceaux quelconques, oubliés par des générations de voyageurs, qui forme le fonds de tout répertoire d'hôtel. Elle se leva en m'apercevant.

— Venez donc, Monsieur Marvillac ! Nous allons jouer un peu, voulez-vous ? Que faire d'autre par ce temps ? Je vais chercher mon violon et quelques cahiers.

Elle quitta aussitôt la salle. Fernand, des profondeurs de son fauteuil, opinait :

— C'est curieux que nous ne parvenions pas à réaliser ces aciers puissants où excelle l'industrie américaine... La France est la reine du fer, depuis l'extension de sa production : elle n'est pas la reine de l'acier...

Par la fenêtre, je regardais le battement futile de la pluie sur la mer. Mme Fortier ne tarda pas à revenir. Elle ouvrit les sonates de Beethoven.

— Prenons la cinquième... Elle est si fraîche et si entrainante ! Voulez-vous me donner le « la » ?

Nous partîmes. Immédiatement nous eûmes l'impression que d'un seul coup d'aile nous avions gagné un autre monde. Nous n'étions plus à Dinard, en Bretagne, sous ce ciel triste, nous vivions en *fa majeur, allegro con fuoco.* Le thème clair du violon, que j'accompagnais d'un lent balancement d'arpèges, m'annonça en langage de feu le nom du pays vers lequel nous nous étions envolés, puis une flamme fusa au piano et c'est moi qui répétai les syllabes de ce nom plein de félicité. Le violon, à son tour, reprenait le consentement suave des accords arpégés. Et alors nous mêlâmes nos enthousiasmes. Les exclamations et les ripostes montaient dans une joie croissante. L'archet précis de Mme Fortier articulait avec force et passion, les périodes de cette éloquence puissante. Sans la voir, je sentais la jeune femme vibrer sous le souffle qui passait en elle ; les ondes de la musique, captées dans l'antenne de ses nerfs, se révélaient d'une saisissante intensité. Du soleil s'alluma, des couleurs claquèrent dans la clarté, un vent profond m'enivra, un bonheur un peu rude m'étreignit, de plus en plus vif à mesure que les pages tournaient ; et à la dernière note, après un ralentissement tout tremblant de volonté et d'ardeur contenue, j'étais haletant. L'ultime accord, laissant rayonner son fluide, s'élargit et disparut.

Je ne bougeais pas. J'entendis que Mme Fortier posait son violon. Je n'osais lever la tête vers elle. Mais mon regard tomba sur Fernand. Je fus littéralement stupéfait de le retrouver là. Les yeux calmes de mon brave ami étaient fixés sur nous. Qu'allait-il dire ? Il faut bien que je le confesse : je venais de partager avec sa femme l'ivresse la plus pure, la plus élevée et aussi la plus affolante qui pût exalter deux êtres vivants : nos âmes s'étaient parlé sans le truchement des mots, s'étaient unies dans ce qu'elles avaient de plus noble. Allait-il donc se venger ?

Mais non. Fortier n'avait rien compris. Ne pouvant nous suivre, il n'avait même pas soupçonné que nous étions partis. Son visage était fermé comme un mur.

— C'est très joli, dit-il. Continuez donc.

Un sentiment de gêne me gagna, et s'aggrava subitement jusqu'à la souffrance. N'aurais-je pas dû cesser de jouer ? Mais ce moraliste de mauvaise foi qui discute en nous dans des cas semblables n'eut aucune peine à me démontrer que je ne faisais rien de mal. Du reste, M$^{me}$ Fortier taquinait déjà le début de l'*adagio* : je me remis au clavier.

Le nuage exquis de ce morceau nous déroba, une fois encore, aux regards de la terre. C'est dans ses *adagio* que Beethoven a fait chanter ses plus sublimes douleurs. La grandiose simplicité de ces poèmes en fait la plus pure incantation des rêves qui exaltèrent notre humanité. Religieusement, nos âmes élevèrent cette prière. Il y eut ensuite une détente : les espiègleries du *scherzo* tombèrent drôlement dans notre joie et c'est en riant que nous dûmes nous arrêter à plusieurs reprises pour saisir les contretemps de ce rythme gamin. Puis vint le finale comme la paix d'un soir rose.

Des applaudissements s'élevèrent. M. Gérin et quelques autres venaient d'entrer : ils nous félicitèrent aimablement. En vol plané, nous dûmes chercher d'urgence un terrain d'atterrissage dans la vie familière de l'hôtel. On conspira contre la musique moderne : M$^{me}$ Fortier s'assit dans un fauteuil et resta pensive : une jeune pensionnaire, blême et correcte sous ses lunettes de scaphandrier, s'installa au piano et joua un charleston anguleux.

# IV

— Journée fichue, me disait Niverlé après le lunch. Le ciel ne s'allègera plus. Causons un peu, Monsieur Marvillac. Je vous ai entendu ce matin jouer du Beethoven, et c'était rudement bien. Un cigare ?

Nous nous installâmes à la terrasse, devant les révoltes lointaines de la mer.

— Une belle artiste que M$^{me}$ Fortier, reprit-il, et vous vous comprenez à merveille. Nous ne craignons plus le mauvais temps : vous nous donnerez des concerts. Ne trouvez-vous pas, d'ailleurs, que notre petite troupe n'est composée que de charmantes personnes, sauf moi, évidemment ?

— Vous compris, cher Monsieur Niverlé, dis-je en riant, et je regrette de n'avoir pu vous rejoindre plus tôt. Nous n'avons plus que deux jours.

— Deux jours ?

— En effet. On projette pour demain une excursion au mont Saint-Michel. Après-demain, nous flânons à Saint-Malo, puis ce sera le départ.

— C'est vrai, ma foi. Mais nous nous retrouverons dans trois mois à Chamonix.

— Nous irons à Chamonix ?

— Il paraît : M. de Sarcourt vient de le proposer et

il a rencontré une adhésion unanime. Serez-vous des nôtres ?

— Bien sûr.

Je ne sais comment j'ai fait cette réponse. Je comptais, avec quelques amis qui me l'avaient proposé, visiter la Hollande pendant les vacances prochaines, si, bien entendu, le concours de Rome était terminé. Sans même y réfléchir, je venais de prendre une décision tout autre.

— Chacun pourra enfourcher son petit dada : M. de Sarcourt fera de la botanique, les amateurs de chaise longue au soleil ne manqueront pas de cimes blanches à contempler, et les alpinistes s'en donneront à cœur joie.

— Y a-t-il des alpinistes parmi nous ?

— Comment donc ! Le Docteur Gérin et son fils ne comptent plus leurs ascensions. M. Durnal s'y entend à merveille. Enfin, il y a moi-même, moi qui vous parle.

— Je ne vous savais pas cette qualité.

— Mon cher, il est peu de domaines où le vieux globe-trotter que je suis n'ait pas abordé. Je fus naguère à quelques centaines de mètres du sommet du Popocatepelt. J'ai attaqué, il y a une dizaine d'années, le Chimborazo. Nous avons parcouru, deux guides et moi, un pays rouge sous un ciel vert, où l'on ne pouvait marcher sans écraser de petites grenouilles qui portent une corne sur le nez. Mauvais pour les chaussures, cela. Pendant dix heures, nous avons escaladé des roches, puis nous avons renoncé à la suite de l'exercice pour la raison d'ailleurs fort plausible que la montagne était trop haute. Au cours du même voyage, j'ai gravi les monts de Verzino où j'ai vérifié les allégations de ce

Pigafetta, l'ami de Magellan, qui affirme y avoir vu des porcs sauvages portant leur nombril sur le dos. J'ai parcouru les monts du Biru, où il y a encore de ces Indiens dont parle Pizarre, et qui s'enfoncent par coquetterie des clous d'or dans la figure. En Chine, j'ai failli vingt fois me rompre le cou dans ces abîmes du Grand Yu où sautillent partout des démons qui n'ont qu'une jambe.

— Et dans les Alpes, quels sont vos exploits ?

— Si je ne grave pas le nom de mes victoires sur le manche de mon alpenstock, je n'en ai pas moins à m'enorgueillir de quelques beaux faits d'armes. Notamment le Grépon.

— Vous avez fait le Grépon ?

— Oui. Il est vrai que mes quatre guides ont une certaine part de gloire dans cette performance. Une grosse corde me liait les jambes pour éviter tout danger. Trois bandes de cuir me ligotaient les bras, pour parer à toute éventualité. Des ceintures croisées en tous sens me protégeaient. C'est ainsi que, empaqueté et ficelé, tournant et détournant aux caprices d'un câble, je fus hissé au sommet de cette petite montagne.

— J'admire votre vaillance.

— Mes milliers de lecteurs l'ont admirée comme vous. Mais vous verrez que nous ferons mieux cette année, si c'est possible. Le Docteur Gérin sera notre chef d'équipe. Le brave homme que ce docteur ! Il comprend la montagne en naturaliste et en poète...

— Et Fortier ?

— Je n'en puis rien dire, il n'a guère fréquenté les cercles sportifs. Cet homme ne vit que pour l'industrie qu'il a fondée, – et qui lui donne d'ailleurs plus de fil à retordre qu'il ne le faudrait. Vous ne l'avez plus revu depuis longtemps ?

— Depuis l'armistice.

— Vous avez eu tort. Je l'ai rencontré souvent dans le monde de la finance, et j'ai pu l'apprécier. Il a donné un exemple peu commun d'énergie et de ténacité. Puisse-t-il en recueillir plus tard la récompense...

— J'ai entendu dire, en effet, que la marque « Ixion » traversait de grosses difficultés ?

— C'est exact. Fortier et son groupe ont repris les usines Ducatel, il y a deux ans. Mais l'affaire est partie avec un trop petit capital : dix millions étaient notoirement insuffisants. II y a six mois, acculés à une augmentation, ils ne s'en tirèrent que par une combinaison hypothécaire. Je crois aussi qu'ils ont perdu beaucoup d'argent lors de la mise au point de l'usine.

— Pourtant, on commence à parler beaucoup des moteurs Ixion ?

— Oui, et ils sont loin d'être mauvais, mais quel est le prix de revient ? Cette affaire, aujourd'hui encore, semble peiner.

— Et M^me^ Fortier ne prend aucune part dans les soucis de son mari ?

— M^me^ Fortier vit dans les fleurs, les livres, la musique. Heureuses les femmes qui peuvent avoir une telle destinée. Rien de matériel ne les enchaine. Connaissiez-vous M^me^ Fortier depuis quelque temps ?

— Je viens de faire sa connaissance.

— Une femme exquise, mais un couple bien mal assorti. Avouez que lorsqu'on compare cet être sentimental et délicieux à ce manieur de chiffres... Elle lui va comme un maillot rose à un homme de soixante-quinze ans.

— Vraiment !

— Mais, mon cher, cela défoncerait les rétines du plus piètre observateur.

— Ils ne s'entendent pas ?

— Je ne dis pas cela. J'ai voulu dire qu'ils évoluaient dans des plans différents. Ils s'ignorent, voilà tout. Cette situation est plus fréquente qu'on ne le croit. De tels mariages ne peuvent donner le bonheur. Comment même ont-ils été possibles ? Appel des sens, calcul ou convenance, les raisons qui les ont fait naître sont oubliées après quelques mois. Alors les époux s'aperçoivent qu'ils ne parlent pas le même langage. Pénible réveil. Tenez, Monsieur Marvillac, c'est dommage qu'au lieu de composer des symphonies, vous n'écriviez pas des romans.

— Pourquoi donc ?

— Parce que vous auriez ici un agréable sujet à traiter : le caractère de notre belle Marise...

— Je n'aime guère les analyses des écrivains qui se disent psychologues : elles sont presque toujours prétentieuses et fausses.

— Possible. Mais qu'à cela ne tienne, posons le problème. Soit une jeune femme jolie, intelligente, très tendre et très artiste. Soit un mari honnête, scrupuleux, mais qui se soucie de l'art comme un poisson d'une pomme. Supposez qu'il s'écoule un nombre X de lunaisons après la lune de miel, admettez que l'attraction sensuelle décroît en raison du carré des temps...

— La réalité n'est pas toujours aussi mathématiquement lamentable.

— Peut-être. Je ne veux pas vous faire de peine. Mais je vous parle de l'exemple que j'ai choisi. Monsieur a aimé follement Madame, il l'aime encore, mais son amour se débat sous l'emprise d'un ennemi terrible, un ennemi d'autant plus invincible qu'il est insidieux, multiple et fuyant comme l'air, féroce et cependant paterne, caché en tout endroit, tapi dans chaque seconde...

— Et quel est donc cet ennemi ?

— L'habitude. Dès le premier jour commence le travail de son insensible sablier. L'habitude aura raison de toutes les résistances, elle usera les angles de tous les étonnements. Nul n'échappe à son enlisement. Alors madame va voir peu à peu l'astre de ses rêves disparaître dans la nébuleuse. Mettons les choses au mieux et supposons le mari affectueux, bon, fidèle. C'est à mille détails que l'infortunée va se blesser le cœur. Son mari n'est « plus le même ». Il l'embrasse distraitement. Il ne trouve plus grand'chose à lui dire. C'est tout juste s'il ne lit pas l'« Intran » pendant les repas. Où sont toujours ses idées ? Leurs tête-à-tête n'ont plus cette intensité concentrée des débuts. Et le comble, c'est qu'il ne s'en aperçoit pas, lui ! Il veut fêter l'anniversaire de leur premier baiser, mais il se trompe de huit jours. L'année suivante, il l'a complètement oublié : il est vrai que ses affaires sont si absorbantes... Le son de sa voix prend parfois une sécheresse presque dure, ou une rebutante banalité. Finies, les caresses de ces mille petites prévenances, à quoi, sans le dire, elle tenait tant... Tout cela est bien futile, mais c'est d'impondérables que se nourrit la fleur voluptueuse du cœur féminin. Et l'habitat de cette fleur n'est pas dans les zones glaciales. La pauvre femme ne dira pas qu'elle pleure tous les soirs... Vous me suivez ?

— Je vous suis.

— Eh bien ! Voici l'heure décisive, l'expérience cruciale. Si les époux s'admirent l'un l'autre dans les miroirs d'une idée supérieure, leur amour, nourri d'une ambroisie sublime, sera sauvé. Plus simplement, il pourra encore en être ainsi s'ils se comprennent et se rencontrent dans un même plan, ignorant tous deux ce qui dépasse leur humilité, car alors, l'amour se consolidera dans ce sentiment bienfaisant que le vulgaire appelle « une bonne affection ». Mais qu'arrivera-t-il s'ils sont dissemblables, si par exemple les plus hautes préoccupations de la femme se meuvent à une altitude où il n'y a plus d'oxygène pour le mari ? Alors ce sera l'implacable solitude... Le cœur de l'infortunée ne parlera plus, jusqu'au jour où...

Il s'arrêta, son sourire me parut triste.

— Jusqu'au jour où un autre interlocuteur...

A ce moment, M. Durnal vint nous rejoindre. Mystérieux, Niverlé mordilla un second cigare et remit au lendemain le chapitre II de son traité de psychologie conjugale.

## V

Ce soir-là, le bal de l'hôtel fut très animé. Des grappes de lumière s'épanouissaient aux colonnes composites entre les panneaux de soie amarante. Un jazz coassait, où le chant nasal des saxophones se brochait sur le fracas épais des banjos et des tympanons. Rayonnant de l'orchestre, les leviers du rythme faisaient bouger, par mouvements parallèles, la foule luxueuse où des brillants griffaient la lumière.

Mais Mme Fortier n'était pas là : cela suffisait, dans l'exigence de mes nerfs surexcités, pour me rendre ce milieu passablement insipide. Peu à peu depuis deux jours, bien que l'heure ne fût guère aux introspections, j'apprenais à lire en moi-même, j'essayais de décanter mes sentiments : la démonstration s'achevait de ce que c'était à Mme Fortier seule qu'allaient mes pensées. La vérité se dévoilait (elle ne me paraissait pas encore bien affreuse) : je n'aimais de voir Nelly que pour autant qu'elle fût accompagnée de Mme Fortier ! Il fallait donc réagir contre l'empire trop grand que prenait sur moi la femme de mon ami, et j'espérais m'en tirer sans difficulté lorsque finiraient ces jours de fête. Une autre conclusion s'imposait : il ne pouvait être question d'un mariage avec Nelly puisque je m'étais si étrangement trompé à son sujet.

Je ne parvenais guère à dissimuler mon désappointement et ma maussaderie, mais je ne pus me défendre d'inviter la jeune fille. Nous suivîmes les sinuosités d'un tango. Une colère me rongeait. Ma situation devenait fausse : pourquoi ne disais-je pas les paroles qu'elle attendait ? Mes incertitudes devaient être sans explication pour elle. Une partie de la soirée se passa ainsi. Les rires forcés de Nelly, les phrases quelconques qu'elle jetait étaient chargés d'une pensée unique qu'elle cachait et que je devinais sous son front idyllique. Voilée de paroles opaques, elle ne laissait voir d'elle-même que le faux bonheur mondain.

Comme il me pesa soudain, ce faux bonheur ! Tandis qu'un rythme syncopé m'emportait et que la main de Nelly s'abandonnait sans vie dans la mienne, j'eusse voulu être à mille lieues de cette menteuse musique, de ces lueurs qui luttaient vainement avec la nuit de mon âme. Mon départ du lendemain m'apparut alors comme une délivrance. Mais cette même idée aussitôt me terrifia. Une délivrance ? Oui, ce départ me délivrerait, comme la mort délivre le patient ! Vivre loin d'ici ? Abandonner cet énervement continuel, qui me devenait nécessaire comme la drogue à un toxicomane ? Cette perspective me rebuta comme une vision d'horreur. Un gouffre ouvert à mes pieds ne m'eût pas glacé davantage. La mort n'est-elle pas un gouffre, et certaines séparations ne nous affectent-elles pas comme le souffle de la mort ?

Mais quoi ! Où s'égaraient mes pensées ? D'un effort je les ramenai à l'épreuve de ce bal, je les repliai dans un six-huit fastidieux. Et même je serrai avec étourderie la main de ma danseuse ! Pas de réaction, heureusement ! Cette étreinte ne s'adressait pas à elle. Cette onde sentimentale avait une autre destination. Les femmes sont des récepteurs d'une « sélectivité » exquise !

Vers dix heures, celle que j'attendais parut enfin. Magie ! Tout se transforma. La salle s'alluma, la musique eut un sursaut de passion. La jeune femme décrivit un large sillage d'attention, puis s'entretint assez longuement avec la famille Durnal. Après quoi elle sortit sur la terrasse : j'étais seul à ce moment et je la suivis.

Les lueurs du bal venaient semer ici quelques roses. Une balustrade qui portait deux grands vases Médicis nous séparait de la double immensité de la nuit et de la mer. Mme Fortier était là, goûtant la fraîcheur, et elle ne parut pas surprise de me voir. La façon brutale et délicieuse dont mon cœur se serra lorsque je m'approchai d'elle restera comme le souvenir le plus exquis de ma vie.

Nous nous accoudâmes tous deux sur la balustrade et nous contemplâmes un silence énorme, comme pour nous mesurer avec lui dans un combat insensé. Après un long moment, je sentis sa voix résonner intensément dans les cordes intérieures de mon être :

— Il y a très loin de lourds éclairs sur la mer.

Je ne sais ce que je répondis. Les minutes changeaient. Leur fuite minuscule devint dans mes nerfs un travail strident. La durée, rivière furieuse tournoyant dans un rapide, se précipitait en se retardant par sa propre hâte. Supplice voluptueux, ma pensée s'étendait en se pâmant sur les dards de tous ces instants. Et par une singulière lucidité qui me vint tout à coup, je compris la violence de mon cœur, je « me compris » : je dirigeai dans ma conscience de brusques rayons qui éclairaient par surprise des blocs d'affreuse certitude. J'en étais atterré.

— Rentrons, dit-elle. Il fait froid.

Le filet sonore du bal nous reprit. Des amis s'approchèrent, Niverlé invita M^me^ Fortier et M. Durnal m'accapara. Je portais mon exaltation dans la banalité ambiante comme une lampe dans la campagne indifférente. Après la dernière danse, je retrouvai Fortier dans la tabagie. Nous parlâmes longuement, il évoqua notre fraternité de guerre et je n'ai jamais pu comprendre comment il ne vit pas que je pleurais.

# VI

Et alors ?

J'ai posé la plume après ces deux mots et j'ai réfléchi longuement. Pourquoi continuer ce récit ? S'il tombe jamais sous les yeux de quelqu'un, mon lecteur va fermer le livre. Connu. Vous aimez M^me^ Fortier. Ce sera donc une intrigue d'amour et même – ô nouveauté ! – d'adultère. On devine le reste.

Un instant. Le reste ne sera pas du tout ce que vous pensez. J'aime cette femme, c'est vrai, à vingt-huit ans, pour la première fois après quelques ébauches avortées, j'ai senti ce sentiment se fixer en moi avec une puissance que je n'aurai jamais crue possible. Mais qu'on ne s'y trompe pas : je n'ai nulle intention de me laisser aller à ce qui serait une trahison tellement basse que l'idée seule m'en soulève le cœur, Allons ! sifflons les meutes de ma volonté...

Je n'avais, pour trouver des réserves d'énergie, qu'à évoquer mon passé, ma famille qui me léguait la tradition de l'honneur militaire. Mon grand-père, le colonel Marvillac, mourut dans un duel pour défendre notre nom outragé. Ces principes solides entourèrent seuls l'éveil de ma conscience, car ayant perdu ma mère au berceau, j'eus cette enfance un peu sérieuse d'un fils à qui manqua la douce présence maternelle.

Mon père ! Je le revois dans l'élégance robuste de son uniforme, me soulevant bien haut pour me serrer dans ses bras, je le revois surtout, installé à notre vieux piano et chantant de sa belle voix grave quelque air lointain, avec une passion spleenétique. Je l'entends encore s'accompagner au jugé (il ne savait pas le solfège), et toujours en ce ton de ré bémol dont il aimait la somptuosité. Il n'avait pas cherché à me détourner de la musique, sachant que notre fortune m'épargnait le souci de gagner mon pain, Lorsqu'on m'annonça sa mort, j'étais trop jeune pour comprendre mon infortune. De toute son affection, de tous ses enseignements, un mot me restait, essentiel, droit comme une lame : l'honneur, l'honneur...

J'eus donc à supporter en ces étranges journées, des conflits assez douloureux, mais que mon hypothétique lecteur se rassure, je n'ai pas l'intention de les retracer. Une idée me tranquillisait : je quitterais bientôt, avec mes compagnons, cette M^me^ Fortier que je me proposais bien de ne plus rencontrer : ainsi les circonstances m'aideraient : je n'allais que trop tôt m'éveiller de ce rêve pour reprendre pied définitivement dans ma vie. Cette constatation fit que, jetant du lest, je pus m'abandonner aux quelques heures de plaisir qui me séparaient de mon retour.

Comme elles s'envolèrent vite ! Déjà il ne m'en reste qu'un brûlant souvenir, et je les évoque tristement au cours de cette dernière nuit dinardaise, que j'aurai bientôt passée tout entière à noter mes impressions. Je pense à nos entretiens, à nos promenades, au désappointement et à la souffrance presque physique que j'éprouvais lorsque j'étais privé de sa présence...

Finissons... J'ai savouré je ne sais quelle ombrageuse délectation en écrivant ces pages, comme si j'y trouvais une pauvre compensation aux joies qui me sont interdites. Douce folie, inoffensives vengeances... Il est trois heures. Le basson de l'océan éternise là-bas ses tenues en clé d'ut. La fatigue alourdit enfin les ailes de mes songeries. La nuit tout en pleurs va défaillir devant le portail translucide du matin...

## VII

Paris, 24 mai.

Neuf heures du soir. Le décor de mon cabinet de travail ne m'a jamais paru si austère. Evanoui, mon rêve ! Cette journée du retour que je craignais tant s'est enfin terminée. Pour rien au monde, je ne la voudrais revivre !

Notre groupe se disloqua. Niverlé nous avait quittés la veille pour prendre le train de nuit. Le petit déjeuner, ce matin-là, fut plutôt maussade. Certes, mes compagnons n'avaient nulle raison de partager, ou même de deviner mon désespoir. Mais il y avait de la tristesse dans l'air. La grande famille que nous formions se désagrégeait, chacun quittait une vie facile pour reprendre les outils usés de ses soucis. Aussi, le projet de se retrouver à la fin juillet en Savoie recueillit-il la faveur générale : M. de Sarcourt songeait dès maintenant à organiser le voyage. Inutile de dire que j'avais fermement résolu de n'y point participer.

L'affreuse solitude que la mienne ! Il me semble que je ne la pourrai supporter. Les souvenirs de ma joie passée tombent et grésillent à chaque instant dans cette fournaise qu'est devenue mon âme : avec une cruelle précision, des visions passent, des accents vibrent, saisissants de vie. Que vais-je devenir ? Cette frénésie va-t-elle me tenir longtemps, électrisant mes nerfs à rudes secousses, ou puis-je espérer un peu d'apaisement ? Mes sentiments troubles vont-ils se clarifier, se déposer, pour me permettre de voir en moi-même, de reprendre la direction de mes actes ? Je ne sais que croire en ce soir misérable, en ce lendemain desséché de spleen, je suis blessé par tous les ressorts brisés de mon être, et prêt à toutes les abdications...

## VIII

19 juin.

Deux mots dans ce cahier... Je ne veux même plus parcourir les autres pages, car c'est bien fini. Sauvé. D'un effort décisif de toute mon énergie qu'on dit violente, je me suis jeté dans le travail. La préparation de mon concours sera bientôt terminée. Dinard n'est plus qu'une blessure en voie de cicatrisation, je m'interdis d'y penser et je confirme ma résolution de renoncer au prochain voyage. Je suis presque heureux, un peu inquiet cependant, mais satisfait de ma victoire, de mon traité de paix avec ma passion, de ma vie laborieuse dont j'ai retrouvé enfin le sillon rectiligne. Et ainsi se termine, à mon avantage somme toute, ce petit roman qui aurait pu, tourné autrement, devenir plutôt fâcheux... Point final.

## IX

Je pars ! Je pars !

Gare de Lyon. Les grandes salles transvasent hâtivement leurs foules. Rouge et or, exotique déjà, le restaurant luit et retentit sous ses arches. L'éclat des globes blancs bouscule les piliers, les glaces, les plantes vertes...

Où sont-ils ? Où sont-ils ? Encore trente minutes avant le départ du rapide. Je me suis décidé brusquement : juste récompense de mes travaux, de mon prix de Rome ! Je ne risque rien d'ailleurs, je suis guéri de cette crise un peu sotte. En quelques mois, il me semble que j'ai beaucoup évolué et qu'une sorte de maturité m'est venue. Oui, je ris de mes folies de jeunesse...

Où sont-ils ? D'après la lettre de M. de Sarcourt, c'est ici que nous devons nous rencontrer... Je ne vois personne... Mais que la salle est vaste ! Qu'est-ce que tous ces gens ont à manger ainsi, comme s'ils avaient une soirée au coin du feu pour digérer ? Ils me paraissent avoir un flegme d'Anglo-Saxons. Où sont donc les nôtres ? Je parcours les recoins du restaurant, je longe des tables, des kyrielles de tables...

Ah ! Voici M. et M$^{me}$ Fascaux qui achèvent leur dessert. Mon cœur fait un bond de joie. Est-il bien possible que je sois si heureux de revoir ces braves M. et Mme Fascaux ? Voyons, voyons, cela n'a pas de sens commun... Je leur serre la main avec effusion, et leur placidité coutumière ne réussit nullement à me refroidir. Jadis je les ai trouvés bêtes, c'est vrai. Mais qu'ils sont gentiment bêtes, pour Dieu ! Qu'ils sont aimablement bêtes ! Qu'ils sont délicieusement bêtes !

— Et les autres ? dis-je. J'espère qu'on n'a rien changé aux dispositions prises ?

— Rien. Nous venons de voir M. de Sarcourt : il est au guichet des bagages, dans cinq minutes, il sera revenu. Niverlé nous a précédés à Chamonix. Les Gérin doivent partir ce soir aussi, paraît-il.

Ils disent tout cela comme des gens qui ne s'en préoccupent guère. Moi, j'exulte. Je ne sais ce qui me retient de faire des entrechats par-dessus les tables. Sarcourt, Niverlé, Gérin, tous ces noms me jettent dans un enthousiasme fou.

Quelqu'un me fait signe. C'est M. de Sarcourt, avec son air triomphant d'ordonnateur des fêtes : j'aurais voulu l'embrasser. Debout, très grand, le pince-nez en bataille, il effeuillait des bulletins de bagages, il veillait à tout. Et derrière lui, le bon docteur Gérin, toujours goguenard sous ses lunettes, et Octave et Rosette... Les poignées de main se croisent, les nouvelles s'échangent...

— Allons prendre place, dit M. de Sarcourt, l'heure s'avance. Je crois que nous serons au complet...

Devant le train, nous rencontrons un autre groupe, où je reconnais M. Durnal avec son appareil stéréoscopique en bandoulière, et Mme Durnal, dont je trouve le sourire un peu pincé. Quant à Nelly, elle ne sera pas de ce voyage. Au fait, je n'avais plus jamais pensé à elle. Secrets de la destinée ! Nelly, c'était l'autre direction, celle que j'aurais peut-être dû prendre... Mais bah ! Je m'en éloigne sans regret.

Depuis un moment d'ailleurs, une idée me taraude, une appréhension que je ne veux pas m'avouer. Je respire profondément et me tourne vers M. de Sarcourt :

— Vous n'avez pas de nouvelles de M. et Mme Fortier ?

C'est que pour rien au monde, entendez-le, je ne consentirais à faire ce voyage sans mon ami Fortier. Et en posant cette question, mon cœur se serre un peu. Un peu ? Non, beaucoup. Plus encore quand M. de Sarcourt répond :

— M. et Mme Fortier ? Je ne sais pas. Ils ont envoyé leur adhésion il y a un mois. S'ils ne sont pas ici, je présume qu'ils nous rejoindront demain. Il n'y a plus que huit minutes...

Le gémissement des freins qu'on essaye se propage le long du train. Toute la gare s'emplit de mon inquiétude. Je fixais notre wagon, une longue voiture bleue, ramassée sur les pattes courtaudes de ses boggies. Des plaques de fer y étaient appendues avec cette inscription d'une importance capitale et que je relisais pour la centième fois : « Paris-Saint-Gervais-les-Bains-Le Fayet ». Au loin, la locomotive en éruption crachait cendre et vapeurs.

A ce moment, M. Durnal intervint :

— Vous parlez de M. Fortier ? Voici M. Risban, son ami. Il vous donnera de ses nouvelles.

— C'est vrai, dit M. de Sarcourt. Venez donc, Marvillac, que je vous présente notre nouveau compagnon de route...

Je dévisageai ce M. Risban, dont j'entendais pour la première fois le nom. C'était, m'a-t-on dit ensuite, une personnalité éminente du Crédit Central Industriel. Elancé, assez joli garçon, mais avec je ne sais quelle assurance dans le regard, il était bien fait pour plaire aux femmes. Et j'imaginai aussitôt qu'elles devaient se laisser facilement prendre à la fausse douceur de cette figure fine et autoritaire.

— M. Fortier a eu un empêchement à la dernière minute, dit-il. Il m'a dit qu'il ferait l'impossible pour prendre ce train...

Le garde nous pressa d'embarquer et nous montâmes dans le couloir. Doucement, le wagon glissa...

Au dehors, sur le quai, le fil des adieux s'allongea et se rompit. Les ombres du soir s'assemblaient. Mécontent, je me mis à la portière. La gare s'en allait là-bas, se tassait, la nuit rempaquetait dans sa housse épinglée d'or et de rouge. Sous mes yeux, les losanges croisés des rails auraient voulu me proposer des applications de géométrie. Je revins à mon compartiment. J'avais peine à croire moi-même à mon énorme désappointement. Un désappointement tel que je ne pourrais le supporter, certes, et qui se muait déjà en une sorte de colère... Ah ! Si j'avais su...

Mais un brouhaha s'éleva, des voyageurs passaient dans le couloir. Le fausset de M. Risban poussa quelques rires qui provenaient évidemment d'un grippage par défaut d'huile. L'offrande des dernières clartés se fit plus douce et M^me^ Fortier parut.

# X

Aux fenêtres, Paris se désagrégeait. D'un mouvement toujours plus prompt, le train écartait les lambeaux de la ville par paquets d'immeubles poussiéreux, bientôt les dernières maisons se dispersèrent au souffle de la vitesse.

M^me^ Fortier riait. Son rire lumineux s'irradiait en moi jusqu'à l'extase. Elle m'expliquait, sans que j'y comprisse un traître mot, que leur auto avait fait détour, etc., etc. Qu'ils avaient dû courir et sauter sur le wagon en marche. Fernand, lui aussi, me tendait la main, me félicitait abondamment au sujet du concours... C'était bien de cela qu'il s'agissait.

J'avais employé trois mois à me guérir de cette femme et je m'étais bien promis, en la revoyant, de me défendre de toute émotion. Mais j'étais pris au dépourvu. Je ne m'attendais plus à la revoir aujourd'hui, c'était là une attaque brusquée et je dois avouer que je me repliai en désordre. Le fer revenait dans la blessure avant qu'elle ne fût consolidée et c'est avec une singulière volupté que je retrouvai ma souffrance de naguère. Et ma déception avait été si vive, au départ, que, par réaction, une allégresse m'étreignait, que j'avais peine à maîtriser.

On annonça le dîner : l'inévitable sonnette égrena son crescendo le long du train. Ce fut ensuite, à la file indienne, le défilé cahotant et chaotique dans les couloirs, puis, un dernier soufflet franchi, le restaurant. Un damier de nappes blanches apparut, sous les fleurs et les abat-jours. Je veillai subrepticement à ce que la distribution des places ne fût pas livrée au pur hasard et bientôt je m'attablais avec Fortier, sa femme et Risban.

Les lampes s'allumèrent et repoussèrent un voile violet sur les champs qui filaient à nos côtés. Le garçon distribua les tasses de potage et servit les entrées avec des gestes de prestidigitateur. Un Listrac, un Meursault apparurent.

— Nous allons pénétrer dans la terre classique du vin, dit Risban et il conviendra de célébrer...

— D'autant plus, répondit Fortier, qu'il nous faudra faire une jolie provision de calories et de kilogrammètres : le programme des excursions est chargé, et certaines sont assez dures.

— Ce programme est-il définitivement arrêté ? demanda Mme Fortier.

Le docteur Gérin qui, d'une table voisine, avait entendu ces derniers mots, se retourna.

— J'ai suggéré, chère Madame, un régime d'entraînement progressif. Demain, repos, évidemment. Pour mercredi, j'ai fait admettre par M. de Sarcourt le projet d'une agréable promenade, pas trop fatigante, pour nous familiariser avec la montagne : nous gagnons Montanvers par le train, nous suivons un sentier facile à mi-hauteur du massif, nous dînons à la baraque du plan de l'Aiguille, après quoi il ne nous reste qu'à descendre à Chamonix.

Les jeunes filles battirent des mains.

—Jeudi, promenade de délassement sur les bords de l'Arve. Nous n'aurons pas à marcher beaucoup pour nous trouver en plein alpage : de notre hôtel, on voit la base même du glacier. Vendredi, nous monterons à Plampraz en une première étape, après quoi les plus entreprenants feront l'excursion du Brévent, les autres reviendront par Bel-Achat...

Tout cela sous-tendu par les cadences constantes du train, tac-tac, tac-tac, implacables comme un rythme de Honnegger ou de Milhaud, bruiteurs accompagnant à l'infini la polytonalité des conversations. Ces projets, le plaisir de parcourir une région qui m'était inconnue et surtout, surtout, faut-il le dire, l'affolante perspective d'un gros mois à passer avec « elle » me portaient aux derniers degrés de l'excitation. Et dans le désarroi de mon bonheur trop grand tombaient des noms de gare, jaillis en grandes lettres rouges, le long de la voie : Melun, Montereau, Sens, Etigny, Villeneuve-sur-Yonne...

Tout le monde approuva le docteur et aux cuivres de sa belle voix basse, M. de Sarcourt le nomma directeur de notre club de haute montagne.

— Et après ? demanda-t-il. Avez-vous songé aux ascensions ? Ferons-nous un peu d'escalade ?

Que chacun prenne position dans ce grave débat, dit Mme Durnal. Les amateurs de prouesses se réuniront. Pour moi, je me classe dans la catégorie des modestes excursionnistes.

—Je me joins à vous, dit Mme Fascaux.

— Comment ! s'écria M$^{me}$ Fortier, toutes les dames vont-elles se montrer si peureuses ?

— Ne pourrait-on créer un groupe intermédiaire, entré les aigles et les tortues ? demanda Rosette.

— L'idée est bonne, répondit le docteur, nous formerons le groupe des « moyenne force ».

— Je m'y inscris, repartit M$^{me}$ Fortier.

— Et moi, dit M$^{me}$ Fascaux.

— Et moi, ajouta M$^{me}$ Durnal.

— Diable ! dit M. de Sarcourt. Quel afflux de médiocrités ! Heureusement qu'il nous reste quelques ténors, comme Risban, Niverlé.... Et vous, Marvillac ?

— Moyenne force.

— J'attendais mieux, mais nous ferons votre apprentissage.

Soudain, crac ! crac ! Une gare passa, aiguë de lumières, tout aussitôt déformée et abolie. On présentait le second service.

— Nous avons quelques lauriers à cueillir, reprit le docteur Gérin : ce sera un jeu d'aller planter le drapeau de notre club au sommet du Brévent...

— Bien sûr, puisqu'il y a le téléférique, observa M. Durnal.

— Je me moque de votre téléférique ! Et puis, le Buet, la Vierge, le Flambeau, la Tour Ronde...

— Moi, je ferai le Moine, dit Risban.

— Ça vous changera, insinua Fortier.

— Et vous, vous ferez le Gendarme !

On rit, une discussion s'ouvrit sur les clous dits « ailes de mouche ». La grande hélice du plafond tournait dans les phrases et brassait une gaîté nerveuse.

Cafés et liqueurs, un bouquet de rires se diaprait

dans un groupe voisin ou de bruyantes jeunes femmes allumaient des cigarettes. Cadences, cadences ! Le feu d'un signal fit une raie à la règle dans le tableau noir de la fenêtre. Des aiguillages secouèrent leurs rudes castagnettes sous nos pieds. M. de Sarcourt régla l'ensemble des additions avec la gravité d'un comptable de l'Etat, puis on se leva pour le défilé du retour qui se déroula plus lent, plus majestueux, plus satisfait qu'à l'aller.

Le train s'arrêta enfin à Laroche-Migennes, après deux heures de son six-huit saccadé. Une gare déserte, faufilée de ses lignes de lampes. Là-bas, derrière le delta mystique de trois points rouges, l'espace sans fond nous appelait toujours. On repartit.

Déjà les Fascaux pataugeaient dans les couloirs pour gagner le wagon-lits. Je me promenai quelque peu et me délassai à voir fuir la nuit vibrante. Appuyé à la paroi, une calotte noire protégeant sa calvitie, un brave Hollandais fumait une pipe en regardant d'un air placide le déplacement agile des étendues. Plus loin, un jeune couple, mains unies, contemplait aussi. Et soudain, un imperceptible tressaillement me gagna : M$^{me}$ Fortier était près de moi.

— Mon mari et M. Risban parlent affaires, me dit-elle. Ils sont assommants. Vous rêvez ?

— Je rêve.

— Quelle heure est-il ?

— Dix heures et demie.

Comme un peu d'eau fraîche, un souffle vint de la fenêtre ouverte à mi-hauteur. Très doucement, la campagne se dessina, un lever de lune inclina son miroir, des groupes de maisonnettes s'indiquaient aux croisées des routes, faisaient des villages avec lesquels le train jouait un instant et qu'il bousculait ensuite à petits cris enfantins.

Je regardais M<sup>me</sup> Fortier : nous étions debout l'un près de l'autre. Et tout à coup – comment dire cela ? – je ne sais quel éblouissement me prit... De voir ses formes divines, de la sentir vivre et respirer si près de moi, une brusque ivresse me saisit. Eperdu, la gorge serrée, la langue sèche, j'attendis que passât ma folie... Le wagon répéta quelques centaines de fois sa cadence. Mon Dieu ! quel désarroi ! Aurait-elle vu mon trouble ?

Elle est silencieuse, elle aussi. Je vois sa main blanche : elle est contre la mienne... Je la frôle au passage, je la touche, elle ne bouge pas. Je la touche encore, mes doigts effleurent les siens d'un contact si léger que c'est à peine si elle a dû s'en apercevoir... Une caresse encore : je tourne le dos au Hollandais qui ne nous voit pas... Et soudain je la prends, cette main, je maîtrise le faible mouvement qu'elle esquisse pour se dérober...

— Non, non, ne la retirez pas... Ecoutez-moi... Depuis si longtemps j'attends cette minute... Je ne vous demande rien, sinon de pouvoir tenir votre main comme cela... Rien d'autre, rien d'autre, je vous jure, Marise ! Vous avez compris que je vous aime...

Je balbutie des mots étranges, un démon parle par ma voix, ce « double » énigmatique qui surgit aux carrefours de notre existence et qui nous ravit la direction de nos actes à notre insu, parfois à notre égarement. J'ai avoué, je m'avance dans la voie redoutée... Je vois rayonner ses yeux sombres, pleins d'étonnement d'abord, puis pénétrés d'un trouble où je m'efforce de ne voir aucune réprobation.

Ma main tient toujours la sienne, elle la serre mille fois, elle la savoure, elle s'en délecte, nos doigts s'entrelacent cinq à cinq dans un élan qui me donne le frisson...

Que lui ai-je dit encore ? Je lui confesse tout, mes luttes et mes espoirs, mes vaines résolutions et mes défaites délicieuses. Mais elle secoue tristement la tête. Notre amour est impossible...

— Notre amour ? Certes, Marise, mais pas notre amitié...

Et comme ses yeux plus grands que jamais me regardent fixement :

— Je ne veux pas vous prendre à Fernand, vous le pensez bien. Ce que je veux prendre de vous, c'est ce que vous n'avez encore donné à personne, c'est cette pure tendresse qui est le meilleur de votre âme... Une amitié ! Une amitié surhumaine, incomparable, qui va unir nos cœurs, qui va les fiancer plus haut que toutes les faiblesses...

Nos paroles, à voix plus basse, tombent comme des corolles sur l'étrange chemin de notre bonheur... De notre bonheur, oui ! Nous le construirons sur un sol dangereux, mais, nous le ferons solide et durable. Au temps où nous ne nous connaissions pas, nous l'avions cherché dans un amour introuvable, ou dans l'intensité de la musique. Nous l'avons découvert à présent, ce bonheur féerique, aimant inaccessible, qui attire toutes les destinées, et il ne vivra que grâce au ravissement de notre union. Pour sceller notre pacte, mes lèvres touchent son front. Et je sens, oui ! un gros soupir soulever sa poitrine, muette et immense réponse...

— L'index-number n'a rien à voir avec la fixation de ce capital, non, non ! L'élément ne nous préoccupe guère, ne l'oubliez pas. Cent vingt mille parts ont été souscrites à la valeur nominale, à charge pour les signataires de les offrir en souscription publique, à titre irréductible seulement, aux porteurs d'actions ordinaires. Ajoutez que l'assemblée générale pourra décider, à la simple majorité des voix et sur proposition du conseil d'administration, d'affecter le solde en tout ou en partie à un fonds de réserve ou à un report à nouveau...

Patauds, verbeux, suant la banalité, Fortier et Risban ont envahi le couloir. Instantanément Marise a éteint ses yeux et retiré sa main, dissimulation dont déjà je suis complice, ce qui m'emplit d'un indéfinissable mélange d'allégresse et de honte... Fortier, d'ailleurs, n'a pas la moindre arrière-pensée.

— Vous venez, Marise ? Il est tard.

Elle s'incline vers moi, me donne un adieu dégagé, avec tant d'aisance et de naturel que j'en reste à la fois étonné et ravi. Risban, peu après, lui aussi se retire. Les lampes sont mises en veilleuse, les conversations tarissent partout. Le rythme du wagon ne bat plus qu'un calme appesanti.

J'étouffe, j'ouvre une fenêtre : cadences, cadences ! Un pinceau de vague lumière pend au dehors, strié par les broussailles, bondissant sur les poteaux. Une vie forcenée emporte le train en sommeil. Violemment le sifflet aigu enfonce son stylet au cœur de la nuit...

## XI

Wagons-lits... Mystère d'acajou et de cuivre, repos balancé, cadences, cadences, multipliées à en perdre l'imagination...

Naturellement, je ne pus fermer l'œil. Mes émotions de la soirée, mes revirements, mes audaces, formaient un joli brasier sur lequel je rôtissais splendidement. J'eus beau me retourner sur le gril, les paradoxes et les dangers de ma situation me tenaillaient trop pour que je pusse trouver un instant de repos. Parfois des doutes m'assaillaient – des remords, déjà ? – et un mot affreux me venait à l'esprit. Mais il était vite balayé par l'ouragan de mon allégresse.

Ma vie commençait ! Ma vérité m'était révélée ! L'âme de Marise était à moi !

Qu'importaient, après tout, les embûches dressées à notre amitié ? Ma félicité me faisait mal, Dieu ! Que j'étais malheureux, que j'étais heureux !

Des heures passèrent. De loin en loin s'arrêtait ma brûlante songerie, en même temps que le galop du rapide. Des bruits caverneux, intensifiés par les échos de quelque hall de gare, s'amplifiaient dans mon demi-sommeil. Et puis, c'était tout doucement le départ rythmé vers de nouvelles réflexions dévorantes.

Je m'assoupis vers le matin, mais après une courte somnolence, je retrouvai le couteau de mes pensées, plus clair et plus effilé que jamais dans les lambeaux de ma conscience. Je quittai aussitôt ma couche.

Une lumière grise se levait, coupée de tunnels. Devant nous surgissait un dôme de pierre, haut de quinze cents mètres, et le train franchissait à grande hauteur un torrent ramifié. Puis disparurent ces contreforts du Jura et longuement nous courûmes dans les champs qui se doraient. Le wagon s'éveillait. On parla de Bellegarde, d'Annemasse.

Le restaurant me reprit dans son cliquetis joyeux. Le bon couple des Fascaux me salua poliment : « Vous avez bien dormi ? » et M. de Sarcourt retrouvait d'un air satisfait ses ouailles. Mais je m'effrayai de voir Fortier s'attabler seul.

— Ma femme est un peu souffrante : la fatigue du voyage... Elle se repose encore, elle va venir.

J'en eus le cœur pincé. Autant d'instants qu'on me volait... Les heures que je devais passer sans elle me semblaient pleines d'hostilité. Je n'osais évaluer, par la force de ce sentiment, combien déjà Marise m'était nécessaire... Oui, à l'idée de me séparer d'elle j'avais une révolte, je me sentais une de ces impulsions violentes qui étaient, m'a-t-on dit, un des traits de mon caractère. Condamné à la perdre, j'aurais sans nul doute mis fin à mon existence.

Les derniers portiques du matin s'écroulaient dans l'incendie du jour. Je considérais le défilé des montagnes dans lequel nous venions d'entrer, pentes boisées que couronnait une courtine. Parfois, très loin, brillait le fil d'une indolente cascade. Vers neuf heures,

Marise parut enfin. Nous ne pûmes nous parler, mais elle me donna un sourire plein de mystère.

Les murailles calcaires, autour de nous, empilaient toujours plus haut échauguettes et mâchicoulis : des roches féodales défendaient l'étroit domaine de l'Arve. A une gare de village, tout le monde se pencha pour contempler, dans l'écrin du ciel reculé, un gros bijou de nacre, oblong, strié de cassures. Une gravure, souvent admirée jadis, se dessina dans ma mémoire, souvenir d'une distribution de prix, et sous laquelle j'avais lu : « Le Mont Blanc vu de Sallanches ».

On approchait. Un remue-ménage de valises, de paquets, se propagea dans la voiture. Des deux côtés de la vallée, la muraille grandissait encore, se déchiquetait au caprice d'un dieu fantasque. On s'arrêta enfin à Saint-Gervais, pour prendre d'assaut le train à voie étroite qui pénètre dans la vallée de Chamonix.

— Faites attention, nous disait M. de Sarcourt, cette ligne ressemble à un tiroir à secrets. Elle vous réserve des surprises.

Tous aux fenêtres, des grappes de têtes féminines foisonnant dans un pépiement varié, nous jetions un assortiment d'interjections au pays qui allait nous accueillir. Notre colimaçon traversa la grande cluse de Servoz, puis s'agrippa aux pentes du col. A ce moment, M. de Sarcourt nous appelait à droite : là-haut, tout proche, dans le bleu aveuglant, le massif apparut, par le Dôme du Goûter. Eblouissement de cette blancheur impérieuse, de cette neige fulgurant dans le ciel torride, de cette vision invraisemblable sous la chaleur !

Mais on arrivait pour tout de bon : la gare de

Chamonix stoppait sous nos yeux, un bataillon de porteurs passait à l'attaque et bientôt les omnibus nous emportaient vers le Savoie-Europe.

## XII

Le consortium qui a édifié le Savoie-Europe, à proximité immédiate de la Mer de Glace, n'aura jamais, j'imagine, de difficulté avec ses actionnaires. Jamais hôtel n'eut pour cadre un site plus impressionnant, dominé par l'aiguille du Dru et les Grands Charmoz, ouvrant ses fenêtres sur le paysage le plus célèbre de notre continent, le caravansérail où nous conduisait M. de Sarcourt passait à bon droit pour le plus fastueux des palaces.

Pendant les jours qui suivirent notre installation, le mauvais sort me priva du moindre tête-à-tête avec Marise. Notre groupe entier prit part aux premières promenades ; le soir, Fortier dépouillait son courrier et sa femme l'aidait à minuter les réponses. Tout conspirait, me semblait-il, pour me mettre à l'épreuve.

Alors commença une vie paradoxale, partagée entre l'énervante fadeur des heures privées de Marise et l'intensité des minutes qu'elle éclairait de sa présence. Je passais les premières dans une vague attente, un désœuvrement affecté, baguenaudant sans but avoué dans le luxueux « lobby », suivant d'un regard distrait les aiguilles des ascenseurs qui rampaient sur leur demi-cadran, prenant un faux intérêt aux incessantes arrivées de voyageurs. Que de fois je contemplai ces défilés hésitants des nouvelles figures, suivis de l'identique ribambelle des domestiques portant les valises constellées d'étiquettes ! Jamais non plus je ne mis un tel zèle à feuilleter le Bottin, inépuisable ressource, ou ces banales brochures touristiques qui encombraient la salle de lecture.

Et puis, elle apparaissait, divine, et d'un coup de baguette tout prenait un sens prodigieux. Elle me souriait, je la rejoignais comme par hasard, et mon sang battait plus vite. Mon ennui trépidant, ma maussaderie impatiente, tombaient comme des brumes sur une fournaise. Je vivais, je vivais ! Je brûlais des instants ensorcelés, trop vite consumés, hélas, et dont je tremblais de ne pouvoir aspirer toute l'enivrante fumée...

L'excursion à Montanvers me serait-elle propice ? Le chemin de fer à crémaillère emporta un beau matin notre petite troupe plus enthousiaste que jamais. Un peu grisés par l'air vif, nous admirions, de notre voiture ouverte, la vallée qui s'écrasait davantage à chaque pulsation de la nerveuse locomotive. Bientôt, le paysage simplifié par l'éloignement s'élargit dans une essentielle magnificence, tandis que la voie nous conduisait à la terrasse de l'hôtellerie. Là, à deux mille mètres, nous semblions n'avoir pas fait un pas vers les spectres qui nous entouraient de leur gesticulation pétrifiée.

Nous attaquâmes le sentier du Plan, sous la conduite du docteur Gérin. Le soleil de dix heures passait ses rouleaux légers sur l'air glacé des altitudes. Le chemin, très facile, gambadait dans les pierrailles, à droite se creusait la dépression de Chamonix, plus loin le versant noir et vert se relevait, usé, comme une peau sous le bât, par les lignes droites des couloirs d'avalanches. L'éventail du jour s'ouvrait dans un scintillement et peu à peu les cimes vierges ôtaient leurs écharpes de nuages.

Mais tout cela valait-il un regard ? Marise allait vaillamment devant moi, bien dessinée dans son costume masculin, piquant avec conviction le sol de son bâton ferré. J'admirais éperdument sa gangue épaisse, ses bottes, ses jambières, son chandail, son écharpe, son bonnet. Lorsque nous nous arrêtions pour respirer, elle se retournait et dans un regard furtif je retrouvais son âme, je relisais notre traité secret. Parfois, il fallait traverser un court névé, et c'était toute une affaire pour certains d'entre nous. Il importait de poser exactement les semelles dans les empreintes profondes des pas. Aux passages difficiles, l'un de nous prenait la main de Marise et, à petits cris, on se tirait d'embarras.

Nous n'échangions que de rares paroles, gênés surtout par l'inévitable Risban dont nous devinions derrière nous la présence persévérante. De loin en loin, un cairn ou homme de pierres se dressait, hideux de tristesse dans la désolation revêche des solitudes. Et parfois, à notre gauche, derrière les épaulements, se dégageait en rares échappées la ligne inviolée des sommets, l'aiguille de Blaitière, la dent du Caïman, prodigieusement calmes et souverains.

Après plusieurs heures d'oxygène et d'horizons illimités, nous trouvâmes à déjeuner dans l'étroite maison du Plan. Malgré le soleil, les vitres restaient serties dans des bourrelets de glace. Bientôt les hors-d'œuvre, accompagnés d'une agréable piquette, vinrent orner les planches raboteuses. A deux mille mètres, après une longue course, l'appétit s'ouvre et le rire est facile. Mais la gaité de Risban m'agaçait. Son esprit sautillant, ses réparties brillantes me réduisaient à une piteuse abstention.

Le singulier homme ! Il excellait en toute chose. On me raconta souvent qu'il devait sa grosse fortune à son audace tranquille, sa science des caractères et des entreprises. Pour peu que Niverlé l'excitât, il devenait inquiétant : il discourut ce jour-là sur les synclinaux de la Maurienne, les cocktails à l'angustura, l'expérience de Doppler-Fizeau, les séguedilles d'Albeniz, la distillation des hydrocarbures, les lois de l'espace courbe, le confort des poèmes romantiques. Il affirma que les vers à soie filaient du Verlaine, il prétendit que Lautréamont s'accommodait à l'italienne ou au gratin, il jura que si en fumant un cigare vous débouchiez une bouteille de vieux Verhaeren, cela sentait l'acide azotique, et un flacon de Mallarmé, le nitrite d'amyle. Il me démontra que l'accord de quinte augmentée, broyé avec un peu d'eau, donnait à la musique sa teinte claire, et le plus fort est que je lui donnai raison. Partout il me dominait, me dépassait, et au piano, dans mon propre domaine, on le disait incomparable. Il parlait quatre langues, régnait à la salle d'armes, gagnait des coupes de rugby, dupait les scrutateurs des assemblées générales, soufflait sur le thermomètre de la bourse, s'avérait le premier des agioteurs, l'as des sportsmen, le modèle des roublards, l'arbitre des manigances et le roi des banquiers. Mais il était surtout l'admirateur de Marise.

Comme tel, il ne l'a quitta pas d'une semelle

lorsque nous prîmes le chemin du retour. Heureusement, Fortier les surveillait ! Je faisais route avec Niverlé, une centaine de pas derrière eux. Le sentier muletier, très commode, descendait en larges zig-zags.

— Elle sera bien gardée, notre précieuse violoniste, dit mon compagnon. Cet ineffable Risban ne songe plus guère à cacher ses assiduités...

Et comme je faisais un mouvement :

— Vous l'avez remarqué aussi ? Comment cela va-t-il finir ? La petite n'a pas l'air de mordre, mais Risban a certains moyens persuasifs...

— Et le mari ? articulai-je, assez idiotement.

— Le mari ? Je vous dis que le mari gravite à une bonne distance de son gracieux satellite. Rappelez-vous notre conversation de Dinard. Pour moi, il est clair que l'adorable Marise s'ennuie : cœur à prendre.

Cet homme aux perpétuelles galéjades pensait-il ce qu'il disait ? Je m'imposai en tout cas de ne rien laisser paraître de mes sentiments. Le journaliste poursuivit :

— Et ce cœur sera bientôt pris. Risban a des méthodes de guerre...

Que voulait dire Niverlé ? Pour la deuxième fois, il risquait cette énigmatique réflexion. Je le lui demandai à brûle-pourpoint. Il marcha quelque temps sans mot dire, puis :

— Mon cher, murmura-t-il, notre petite colonie a l'air parfaitement insouciante. Pourtant, il se joue ici un véritable drame.

— Un drame, Niverlé ? Vous m'effrayez.

— Je vais tout vous dire. Il est bon que vous sachiez. Je vais quitter Chamonix dans quelques jours. Vous restez, vous. Je ne pense pas que vous ayez jamais à intervenir, mais qui sait ? Des circonstances peuvent se présenter où vous ayez à vous comporter en homme chic. En un mot, vous pourriez veiller sur elle...

—Veillez sur qui ?

— Sur M$^{me}$ Fortier.

J'eus un haut-le-corps.

— Elle est donc en danger ?

— Non. Ou plutôt oui : oui et non...

— Expliquez-vous donc, Niverlé, de grâce !

— Ce n'est pas compliqué : Risban veut Marise, et il l'aura.

—Qu'en savez-vous donc ? dis-je d'un ton impatienté.

— Il la veut, et il l'aura, répéta avec force Niverlé.

Je sentis une colère me monter,

— Et pourquoi donc l'aura-t-il ?

— Il l'aura parce que Fortier la lui donnera...

Je compris soudain pourquoi Niverlé avait cet accent étrange et douloureux.

— Je sais tout, dit Niverlé, parce que je connais depuis longtemps Risban, sa conception de la vie et sa façon de conduire les affaires. Ceci demande un mot d'explication. L'usine Ixion a été fondée, il y a trois ans, au capital de cinq millions cinq cent. Ce capital a été absorbé dès le début par l'outillage, qu'on a eu le malheur d'acheter pendant la hausse. Il a fallu une augmentation de deux millions pour achever les travaux. Il ne fut pas facile de réunir ces deux millions alors que l'usine n'avait pas encore produit. On les a pourtant trouvés, grâce à la ténacité de Fortier. Cela ne fut pas encore suffisant. Pour tourner, il fallait un fonds de roulement. On obtint une ouverture de crédit de trois millions, garantie par une inscription hypothécaire sur l'usine. Celle-ci fonctionne enfin. Les premiers moteurs ont du succès, vous vous rappelez, à la coupe de l'Arga...

— Oui, je me rappelle. Continuez.

— Vous vous rappelez aussi que ce succès fut sans lendemain. Après la stabilisation, le manque de capital se fit encore sentir, l'affaire périclita pour ce motif et Fortier ne parvint pas à la relever. En mai, je vous disais qu'il avait de graves ennuis ; ils n'ont fait que croître depuis. La situation, en juillet, était la suivante : l'ouverture de crédit creusée à l'extrême limite... et même plus loin. Trois millions de dettes chirographaires... La banque menace de vendre sur voie parée, car son contrat le lui permet...

— Nom d'un chien, Niverlé ! Comme vous êtes renseigné !

— Apprenez que comme tous les malheureux amis de Fortier, je suis actionnaire de la Société Ixion. Il ne restait donc qu'un moyen de tirer celle-ci de ce mauvais pas : une seconde augmentation de capital. Vous comprenez ?

— Je comprends.

— Il fallait donc une augmentation de cinq millions : un pour la banque, trois pour les chirographaires, un comme fonds de roulement. Moyennant quoi, avec une bonne direction et un peu de chance, Ixion pouvait reprendre son exercice giratoire. Fortier se dépensa en démarches. Partout, il reçut le meilleur accueil et partout, après réflexion, on lui tira la même révérence. Et ce n'est pas difficile de comprendre pourquoi.

— Pourquoi donc ?

— Parce que tous les groupements consultés ont tenu ce bout de raisonnement : si nous souscrivons les cinq millions, nous avons l'usine, mais nous devons compter avec l'ancien capital. Si nous ne souscrivons pas, l'usine sera vendue après faillite, et nous l'achèterons dans des conditions bien meilleures. Voilà. Pour un financier, cette argumentation-là, c'est plus simple que le petit catéchisme. Cela s'appelle le « struggle for life », autrement dit l'amour du prochain.

— Et alors Fortier...

— Ruiné, vous le pensez bien. Un homme à l'eau. Le travail de toute une vie anéanti. C'est à ce moment que des pourparlers, après cent tentatives infructueuses, s'amorcèrent avec le Crédit Central Industriel. Pour Risban, le magnat de cette banque puissante, cinq millions ne comptent guère. Ici, j'ai terminé mon exposé objectif et j'entre dans l'exégèse. Admettez donc que j'aie fait un kilomètre de circonlocutions pour arriver à ceci : Risban fera l'opération ou plutôt il la fera faire par sa banque, mais à une condition...

Niverlé s'arrêtait. Il attendait une question que je ne posai pas.

— Risban, reprit-il, est amoureux fou de M$^{me}$ Fortier. Ah ! Quel homme étrange, quel esprit de domination, quel cynisme ! Amour et argent, mon cher... Les deux forces...

— En somme, Risban veut acheter...

— Comme vous dites.

— Jamais Fernand n'acceptera une telle infamie...

Niverlé ne répondit pas. Mon cœur n'allait-il pas se rompre ? Heureusement, j'étais certain de ce que

Fortier préférerait mille morts à un marchandage aussi abject.

— Il est un point que je n'ai pu élucider, reprit mon compagnon. Risban veut-il que M$^{me}$ Fortier soit sa femme ou son... amie ? Veut-il pousser l'autre au divorce ? Il en est bien capable.

— Taisez-vous donc, Niverlé... Vous avez vraiment trop d'imagination...

Ç'en était assez pour ce jour-là. Au fond, je ne doutais pas de Fortier et encore moins de Marise. Mais il me fut impossible de distraire désormais mon attention de ce que le journaliste venait de me conter. Je n'aperçus même pas que nous rentrions à Chamonix.

# XIII

Des jours passèrent avec toutes les apparences du calme le plus insouciant. Ma vigilance pourtant bien active, ne découvrit rien de suspect entre Marise et Risban, celui-ci semblait même plus réservé et je me pris à croire pour tout de bon que Niverlé avait un peu forcé la note. Au cours des entretiens trop rares que j'eus avec Marise, je n'appris rien de défavorable, Risban lui faisait la cour, disait-elle, mais c'était « par badinage » !

Cependant, sous cette paix extérieure, mon âme était assaillie d'orages incessants. Je passais sans transition d'angoisses mortelles à des allégresses délirantes. Ma passion pour Marise grandissait jusqu'à l'égarement. Ils étaient loin, mes scrupules, le culte de l'honneur, l'enseignement de mes traditions familiales. Marise, comme une invasion, avait brûlé tout sur son passage. Une autre vie surgissait des cendres et je m'y mouvais singulièrement plus fort, plus adroit et plus vibrant que dans l'ancienne. Dès mon réveil, à l'instant même où je reprenais conscience, elle envoyait une flamme dans mon être et c'est avec un sourire d'extase que je pensais à ma richesse nouvelle.

Il n'était pas jusqu'à mes compagnons de voyage,

comparses pourtant, que je ne tinsse en spéciale estime comme si une parcelle du pouvoir qui animait Marise leur fût échue en partage. Oui, quand je reconnaissais l'un des nôtres dans la foule, je sentais rebondir ma joie. Que les hommes sages, ces malheureux, rient de ma démence !

Voilà où j'en étais. Et que serait demain ? Je n'osais y penser. Désespérément, je serrais à deux mains ma résolution de ne pas trahir Fernand et là-dessus j'étais encore convaincu que rien ne me ferait lâcher prise. Mais je lui avais déjà volé l'âme de sa femme, l'attitude de Marise ne laissait aucun doute à ce sujet et ce vol m'apparaissait parfois comme un péché monstrueux. A ces moments-là, dans les premiers temps, j'endurais le martyre, puis je me fis à cette idée et cette accoutumance fut prompte, tant je vivais rapidement en ces jours intenses. J'en vins à voir sans horreur Marise et Fernand se promener ensemble, se prendre le bras, alors que je savais bien que Marise m'appartenait ; au bout de peu de temps, mes velléités de révolte se colmatèrent sous l'ensablement de la nécessité ; bientôt, je trouvai toute naturelle la vie de mensonge que je menais. Pourquoi aurais-je été jaloux de Fernand ? N'avais-je pas la garantie qu'il ne pouvait me ravir mon trésor parce qu'il en ignorait l'existence ? Certes, il était le mari de cette femme adorable, mais il ne la possédait pas réellement, ces deux cœurs et ces deux esprits rayonnaient des longueurs d'ondes différentes, il avait vécu près de son âme sans entendre le délice profond de sa chanson instinctive.

Mais cette espèce de quiétude honteuse où je m'installais vint à être bouleversée de la plus étrange façon, et beaucoup plus que par les révélations de Niverlé qui m'avaient laissé assez sceptique. Un soir, M. de Sarcourt me demanda de l'accompagner chez un guide que nous devions embaucher pour une excursion prochaine. Il était neuf heures quand nous revînmes au palace et j'avais le vif désir de passer avec Marise le reste de la soirée. J 'inspectai la terrasse, le hall, elle n'y était pas. Des accords m'attirèrent alors à la salle de musique, les portes étaient ouvertes sur le couloir et au moment de les franchir, j'aperçus Marise qui jouait du violon, accompagnée au piano par Risban. Je reconnus les premières mesures du « Concerto » de Mendelssohn. Je m'arrêtai, pincé. Pourtant, il n'y avait là rien que d'assez naturel. Qu'ils trompent la longueur d'une soirée en feuilletant cette œuvre attrayante, sous le regard bienveillant de Fortier, comment en prendre ombrage ? Pourtant je me pris le front dans la main, pour en extirper la colère soudaine. Puis, je regardai encore dans la glace. Les moindres détails de cette scène me sont restés : Marise debout dans sa beauté florale, dépliant son gracieux coup d'archet, Risban attentif, chaleureux, les yeux allumés, un vague comparse inscrit dans le cube d'un fauteuil-club et plus loin Fortier qui penchait sur un journal son éternelle indifférence. Je restai immobile, mordu plus cruellement par le dépit. Risban ne jouait pas mal, mais avec un éclat un peu métallique et une passion agressive. Quant à Marise, c'était toujours elle, hélas !

Ainsi, dans ce domaine où nous nous évadions ensemble pour boire aux sources et nous imprégner de lumière, dans ce domaine qui était à nous, rien qu'à nous, voici qu'elle amenait un intrus ! Dans quelle effervescence me jeta cette découverte ! La jalousie que je n'éprouvais pas pour Fortier, je la ressentis soudain à l'endroit de Risban et, en une seconde, elle me corroda comme une trainée de vitriol.

J'écoutais, je les suivais pas à pas, et il me semblait que le souffle de mon ire les pourchassait comme une malédiction. Est-ce pour me supplicier davantage qu'ils se drapaient dans l'élégance de cette musique voluptueuse comme des yeux affolants et menteurs ? Mais je n'y tins plus quand, au centre de l'allegro, ils en vinrent à cette petite phrase qui est exquise comme le cœur mouillé d'une rose. Alors, il me sembla que le chant du violon voulait s'attarder dans la plus troublante caresse et que le piano lui répondait...

Je m'enfuis dans les jardins obscurs. Voyons, voyons, pourquoi perdre la tête ? Tout cela était-il autre chose que sentimentalisme et enfantillage ? Je passai des heures en ratiocinations sans parvenir à me donner le change. Le coup était porté et la blessure ne se cicatrisa plus.

Alors naquit, un tourment nouveau dans mon marasme déjà bien décevant. Malgré la pureté de ses yeux étonnés, Marise ne parvenait pas à dissiper mes appréhensions. L'énervement finit par menacer ma santé pourtant robuste. J'en contractai une crise d'hypocondrie pendant laquelle, enfermé dans ma chambre, je ne voulus voir personne. Je rongeai stupidement mon frein, songeant à Marise qui, avec quelques autres, devait faire, ce jour-là, l'excursion de la Flégère. Parfois, une voix glaciale me suggérait de m'en aller ; le remède aurait été radical, en effet, mais j'aurais plus facilement déplacé les montagnes.

Ce fut l'époque de mon plus grand désarroi. Chose étrange, la tragédie du Crâne – je dirai comment cette lugubre nouvelle tomba, un beau soir, dans la gaîté innocente de notre groupe – la tragédie du Crâne m'apporta une diversion presque bienfaisante. Sans doute, Blackpherson et Rebuck m'étaient parfaitement inconnus. Mais celui qui croit à l'homéopathie morale admettra que *l'horreur de leur extravagance* fit sur mon imagination un effet salutaire pendant ces heures trop tendues.

## XIV

L'heure d'été empourprait généreusement la salle où, ce soir-là, nous nous installions pour dîner. Le cristal des carafes brisait du soleil : une coulée de lumière royale magnifiait notre table et rejaillissait en rayons irisés sur chaque miroir d'argenterie.

— J'espère, Marvillac, dit M. de Sarcourt en s'asseyant, que vous avez mis cette belle journée à profit pour quelque performance de grimpeur ?

— Ma foi, non. J'ai passé l'après-midi à flâner.

— Vous me faites honte. Que va devenir le livre d'or de notre club ? Ah ! Voici M. Durnal. Nous sommes au complet.

— Il manque Niverlé, dit le docteur Gérin. Où est-il donc ?

— Niverlé était tout à l'heure à Chamonix, dit M. Durnal. Il va venir.

— Peut-être a-t-il été admirer la nouvelle caravane d'Américains qui vient de nous arriver, supposa le docteur. Il en est débarqué plus de deux cents hier et autant la semaine dernière. Il paraît qu'on en attend un millier avant quinze jours.

— Voilà qui va faire baisser les prix, remarqua M. Fascaux. Nous en avions besoin.

— C'est, paraît-il, une foule de milliardaires, une cohue de Crésus. Les fils de l'Amérique nous arrivent plus chargés de richesses que ceux qui jadis s'en venaient d'Asie. Ils ont un train de bagages, une armée de serviteurs...

— Dont beaucoup de noirs.

— On dit même, affirma M$^{me}$ Fascaux, qu'ils ont dressé des singes pour en faire leurs domestiques.

— Oh ! Oh ! Chère Madame. D'où tenez-vous cette nouvelle ?

— Je l'ai lue, affirma dignement la brave femme, que l'on aimait parfois de dauber un peu dans notre cercle.

— L'idée est lumineuse, dit le docteur Gérin. Des gorilles ou des orangs, animaux d'une force peu commune, feraient merveille dans ce métier. Prenez-en deux, ils vous monteraient vingt fois par jour un piano à queue au cinquième étage sans vous demander un mot d'explication.

— Et quelle économie ! ajouta dans les rires M. de Sarcourt. Plus besoin de plumeaux, de torchons, de peaux de chamois : le singe n'aurait qu'à se rouler par terre pour cirer les parquets...

— Vous plaisantez, dit M$^{me}$ Fascaux. Je vous assure que c'est très sérieux : je l'ai lu.

— Et puis, pensez donc, ajouta le docteur Gérin. Pour nettoyer les verres de lampe, avec sa queue...

— Pour dérider les patrons par quelques grimaces bien faites...

— Et qu'est-ce qui empêcherait même de lui apprendre un morceau de piano à quatre mains ?

— Certes, repartit le docteur. Ils deviendront les

précieux auxiliaires du foyer. Mais vous oubliez l'essentiel. Depuis Voronof, ils pourraient former un cadre de réserve pour...

On se tordait. Mme Fascaux glapit :

— Voilà M. Niverlé. Demandez-lui si ce n'est pas vrai...

Le journaliste, en effet, venait d'apparaître.

— On vous attend, Niverlé, pour trancher une controverse.

Mais le nouveau venu était soucieux, ce qui ne lui arrivait pas souvent.

— Mes amis, dit-il, un peu essoufflé, il vient de se passer à Chamonix un événement qui va défrayer la chronique.

— Ah ! Quoi donc ? Dites.

— Un meurtre.

Les rires s'arrêtèrent court, un silence se creusa, puis les interrogations partirent, criblant Niverlé de leurs pointes.

— Un meurtre, reprit-il. Ou plutôt un duel, on ne sait pas très bien. Une chose d'une barbarie hideuse...

— Ah ! Mon Dieu ! lança Mme Fascaux. Quelqu'un d'ici ?

Instinctivement, j'avais fait du regard le tour de notre société. Personne ne manquait.

— Non, répondit-il. Des étrangers, des Mexicains, je crois, ou des gens de l'Amérique Centrale...

— Racontez-nous donc...

Niverlé prit place à table.

— L'histoire est assez inattendue. Dans une heure tout l'hôtel, toute la région en parleront ; demain, le monde entier le saura. C'est la première fois peut-être que ce pays si paisible, où l'on ne songe qu'aux joies saines de la villégiature...

— Mais vous nous faites mourir de curiosité interrompit M$^{me}$ Durnal.

— J'arrive au fait. Connaissez-vous le Crâne ?

— Le Crâne ? fit M. de Sarcourt. Ma foi, non. C'est une montagne ?

— Attendez ! dit le docteur Gérin. N'appelle-t-on pas ainsi une roche qui domine la moraine droite, sous l'Aiguille Verte ?

— En effet.

— Mais c'est tout près d'ici !

— Comme vous dites. Tout le monde a fait l'excursion classique de la Mer de Glace. On arrive à Montanvers par le train, on descend la moraine gauche, on traverse clopin-clopant le glacier pour reprendre pied sur le sol ferme à peu près en face. De là, un sentier facile conduit, par le Mauvais Pas, au Chapeau...

— Puis au Savoie-Europe, dit M. Durnal.

— Précisément. Mais ce qu'on connaît moins, c'est qu'avant d'aborder le Mauvais Pas, le touriste peut prendre un autre sentier qui se détache à droite, vers le haut. Ce sentier, un peu moins commode, passe par le Crâne.

— Et qu'est-ce qu'il a de particulier, ce Crâne ?

— Au pied d'un monolithe de trente mètres, qui affecte plus ou moins la forme d'une boîte osseuse, se trouve une plateforme naturelle, une sorte de belvédère auquel aboutit le sentier. Cette plate-forme est longue d'un mètre cinquante et large de soixante centimètres à peine. D'un côté, c'est le monolithe, absolument uni, paraît-il, et n'offrant pas la moindre prise, de l'autre, c'est un à-pic de trois cents mètres. Quelqu'un qui dégringolerait de là-haut ferait d'abord trois cents mètres de verticale, puis, roulerait sur les blocs du Mauvais Pas et plongerait ensuite dans la crevasse qui, cette année, longe la moraine en cet endroit.

J'éprouvais un froid. Connaissant vaguement ces parages, je me représentais fort bien ce dangereux épaulement. Je n'osais deviner quelque chose d'atroce...

— Et maintenant, voici ce que je viens de télégraphier à Paris. Deux étrangers, venus ici il y a huit jours, Blackpherson et Rebuck, se sont provoqués en duel et battus d'une manière particulièrement abominable. Ils se sont rendus au Crâne et là, sur la plateforme, se sont étreints et ont essayé de se jeter l'un l'autre dans l'abîme. Des témoins se tenaient, paraît-il, à trois pas, dans le sentier. Après quelques minutes d'alternatives diverses, c'est Blackpherson qui a réussi à pousser son adversaire par-dessus bord. Rebuck a disparu dans la crevasse, les autres sont revenus tranquillement à Chamonix en passant devant le Bodega du Savoie-Europe où ils ont même pris, pour se remonter le moral, une bouteille d'« Astispumante ».

Evidemment, des exclamations avaient accompagné ce récit. On délaissait les plats et les garçons eux-mêmes se groupaient pour écouter cette scandaleuse histoire. Quant à moi, elle me jeta dans un grand trouble ; bien qu'elle ne dût pas m'intéresser, somme toute, plus que n'importe quel fait divers, je me sentais glacé d'épouvante.

— Sait-on la cause de leur querelle ? demanda M^me^ Durnal.

— Aucunement, répondit Niverlé. Il me paraît impossible que cette cause soit autre qu'une affaire de femme...

— Une question d'honneur outragé...

— L'affreuse chose qu'un honneur qui conduit à de tels crimes, dit Marise.

— Et quand cela s'est-il passé ? demanda le docteur.

— Hier soir. Rien n'avait transpiré ce matin, mais vers quatre heures, l'un de Messieurs les témoins, un nommé Smith, a éprouvé la démangeaison d'aller raconter l'anecdote à la police. Blackpherson a été arrêté.

Ceci apporta un soulagement.

— Tant mieux ! s'écria Marise toute tremblante. Des gredins pareils méritent la guillotine ou le fauteuil électrique. Ne le trouvez-vous pas, Monsieur Marvillac ?

— Sans aucun doute, balbutiai-je.

— C'est à voir, dit Risban.

— Comment ! Vous absoudriez ce forfait, vous ?

— Nullement, chère Madame, mais il y a une nuance. Il s'agit d'un duel.

— La belle affaire !

— Comprenez-moi. Blackpherson est ici moins coupable que s'il avait assailli Rebuck par surprise ou si, par exemple, il avait eu pour but de le voler.

— Le résultat est le même.

— Mais l'intention diffère. Blackpherson et Rebuck savaient tous deux ce qui les attendait au belvédère. La victime est aussi punissable que l'assassin : elle a eu moins de chance, voilà tout. Supposez que l'un ait tué l'autre dans une prairie, d'un coup de pistolet...

— Il y a pourtant une différence, opina Niverlé.

Dans un duel au pistolet, il ne s'agit pas nécessairement de tuer l'adversaire, tandis qu'ici la mort était inévitable. C'est ce qui rend l'affaire beaucoup plus odieuse.

— D'accord. Mais notez qu'il s'agit de mentalités exotiques qui n'ont pas toujours les mêmes délicatesses que la nôtre. Les romans d'aventures ont souvent raconté ces anciens duels à l'américaine qui étaient, eux aussi, particulièrement répugnants : chaque partie entrait dans un bois par un bout opposé et les combattants se traquaient comme des bêtes. N'est-ce pas à donner la nausée aussi ?

On en vint à parler de ce fond de barbarie qui reparaissait chaque fois qu'un léger choc écaillait notre glacis de civilisation. Le dîner s'acheva dans un échange d'idées générales et M^me^ Fascaux trouva moyen d'insinuer que les singes, dont on venait de tant rire, étaient moins mauvais que les hommes. Personne ne fit honneur au dessert et chacun s'empressa de suivre Niverlé, lorsque, le repas terminé, il proposa :

— Venez donc sur la route, je suis certain qu'on voit très bien le Crâne d'ici.

Il faisait sombre déjà. Nous quittâmes le parc pour gagner le chemin raboteux qui montait vers le Chapeau. Nous y trouvâmes beaucoup de monde venu pour les mêmes raisons que nous, la nouvelle avait fait sensation.

Le soir était savoureux. Ses ondes violettes emplissaient la vallée où les sonnailles des vaches tintaient plus plaintives, mais la barrière déchiquetée de l'Ouest arrêtait une cataracte de flammes dont quelques-unes franchissaient le rempart avec une magnifique violence.

Les pitons qui entouraient la rive gauche du glacier se hérissaient noirs et roses, déchirant d'une ligne brutale la soie mauve du ciel. Comme un défi de folie, l'aiguille du Dru plongeait aux abîmes azurés sa tour de vertige, bouffie de force cocasse.

Niverlé tendit le bras.

— Là. Là, tenez... Ce massif de sapins, le pavillon du Chapeau, puis des blocs, une cascade, vous y êtes ? Un peu à droite et au-dessus, le monolithe...

Je le découvris. C'était un sommet secondaire, détaché du flanc de la montagne ; on n'en voyait qu'un dôme de pierre polie. La plateforme latérale ne pouvait se deviner.

— Vous voyez ? répétait Niverlé.

Nous regardions de tous nos yeux ce Crâne difforme, défoncé, ensanglanté de crépuscule. Chacun, à part soi, évoquait la scène dont ces roches venaient d'être le cadre. Des souffles venaient de la Mer de Glace, entre les sapins. Tout à coup, les flammes cessèrent de bouillir derrière la paroi, quelques rayons obliques jetèrent leurs derniers tisons dans la cuve qui se combla aussitôt de nuit.

Nous revînmes à l'hôtel : on en oublia de préparer les cordées pour le lendemain.

## XV

Cette journée du lendemain fut naturellement consacrée en majeure partie à commenter le meurtre de Rebuck. Notre petite troupe, jusque-là si sereine, menaça de dégénérer en congrès de droit pénal. Ce fut une belle bataille d'opinions, toutes au plus équitables. Quant à Niverlé, il se mit en devoir, dès le lendemain, de faire l'ascension du Crâne pour y prendre des croquis, il me proposa de l'accompagner.

La route du Chapeau, depuis les Praz, monte en pente rapide et nous eûmes vite dépassé l'endroit où nous nous étions arrêtés la veille. Elle ne fut bientôt plus qu'un sentier très rocailleux, serpentant à travers une forêt de conifères. Bien que le temps fût toujours très beau, la chaleur diminuait à mesure que nous approchions du glacier : soudain, la base de celui-ci apparut. Des pans de murs, vitreux et hauts comme des cathédrales, semblaient chanceler, la masse se craquelait, se coupait de reflets verts et bleuâtres, colonnes hautes de cent mètres à travers lesquelles, au cœur figé des crevasses, filtrait la vie bruissante de l'eau.

A coups d'alpenstock, nous attaquions le sentier qui escaladait la moraine. Des broussailles, des sapins rabougris, composaient le paysage le plus romantique qu'on pût imaginer. Sous la brise, les anémones exprimaient chacune un avis différent en inclinant leurs têtes crépues. Et le glouglou des cascades, qui diminuait vers le matin, recommençait à se gonfler.

Laissant à gauche le chalet, puis à droite le sentier du Mauvais Pas, nous fûmes bientôt sur le chemin du belvédère. Bien que fort escarpé, il n'était guère difficile et Niverlé opina que l'accès du Crâne devait être plus malaisé à ceux qui venaient de Montanvers. A mesure que nous montions le glacier s'élargissait avec son tumulte éblouissant, sa cohue d'angles et de dos grenus, la sculpture moderniste de ses séracs. Presque sous nos yeux courait la déchirure de la moraine. Il était impossible de n'être pas saisi aux entrailles par le plus cruel vertige.

Mais point de danger véritable. Le roc était bon, le passage suffisant. Ce qui me faisait peur, c'était la respiration du gouffre, son frissonnement lointain, son invincible aimantation... Je fus même en si fâcheuse posture, à un moment donné, que je m'arrêtai court, n'osant plus avancer ni reculer, en proie à la grande panne irréparable des novices. Niverlé revint vers moi.

— Donnez-moi la main. C'est parce que vous ne connaissez pas le terrain que vous manquez d'assurance. Si vous revenez un jour par ici, vous verrez que cela ira tout seul.

Du reste, le chemin devint bientôt plus aisé. Je pus enfin lever les yeux vers l'immobile orgueil des cimes opposées. Nous montions toujours. Sur le glacier, je voyais à présent des points noirs : les touristes qui, en file ininterrompue, font la traversée en cet endroit.

— On dirait des poux sur du sucre, dit élégamment Niverlé. C'est curieux comme on se méprendrait facilement, à grande hauteur, sur les dimensions de ce sucrier. On ne devinerait pas qu'il est long de cinq kilomètres. Vous croiriez aussi, de notre observatoire, que cette surface est plate et qu'on y roulerait en automobile. Mais je ne vous conseillerais pas d'essayer.

Soudain, comme nous contournions un repli du sol, je vis surgir, tout proche, le dôme du Crâne. Sa forme était toute différente de ce que j'avais supposé. Des Praz, il semblait un bloc homogène ; d'ici, c'était une imposante architecture de roches, un donjon mille fois plus puissant que les tours construites à l'échelle humaine. Le belvédère était toujours invisible.

Je me croyais à quelques pas de notre but, mais nous dûmes encore marcher un quart d'heure pour l'atteindre. Chemin faisant, je songeais à ces deux monstres qui avaient, quelques jours plus tôt, gravi hâtivement la même route, poussés par le désir de tuer. Quelles déchéances peut donc produire la haine, quand elle réveille ainsi la bestialité primitive, à laquelle la civilisation ajoute la conscience de la perversité. J'éprouvais un dégoût physique, une horreur de ce double assassinat consenti... Comme c'était féroce, cette coutume des duels, et quelle doctrine assez éclairée, assez généreuse, pourrait-elle y mettre fin ? Quelle doctrine ? Le savais-je alors ? J 'effleurais à peine ces mystères, emporté par le flot d'impressions et de passions qu'était alors ma vie, et incapable de réfléchir aux problèmes primordiaux...

— Nous y sommes, dit Niverlé.

Le sentier, longeant une corniche à la base du

dôme, escaladait quelques gradins naturels et aboutissait au belvédère. Avant de nous aventurer auprès de celui-ci, nous fîmes halte, essoufflés, et Niverlé qui, au cours de son enquête, avait pu parler à Smith, m'expliqua certains détails :

— C'est ici que se tenaient les témoins. La chose, paraît-il, ne prit pas cinq minutes. Les duellistes ont jeté leur harnachement à terre, ont ôté lunettes et passe-montagne. Les témoins ont essayé de les réconcilier. Ils leur ont parlé du pardon, de Dieu qui les voyait, et d'autres considérations de ce genre. Blackpherson et Rebuck, côte à côte, comme des amis, le dos tourné au glacier, ont écouté ce sermon. On dit que Rebuck aurait flanché, prêt à accepter l'armistice, mais devant le ricanement de Blackpherson il se serait ressaisi.

—Et alors ?

— Alors, cela n'a pas fait long feu. Ces gredins, – ou ces héros, appelez-les comme vous voulez – se sont avancés prudemment sur la plateforme. Rebuck marchait devant. Puis Rebuck se retourna. Les adversaires se sondèrent d'un coup d'œil, sans voir le gouffre, moins profond d'ailleurs que leur haine. Smith tapa dans ses mains, compta : un, deux, trois, et les deux champions, après une longue hésitation, se prirent à bras le corps, d'après les règles de la lutte qu'ils connaissaient à fond, étant d'ailleurs sportsmen entrainés.

— Et des hommes purent assister, impassibles, à un tel spectacle ?

— Il faut le croire. Smith m'a confié que jusqu'au dernier moment il avait cru à une réconciliation. Lorsqu'il comprit que la mort ne pouvait plus être évitée, il était trop tard, dit-il, pour intervenir. Mais venez : pour se représenter le reste, il faut passer sur la plateforme.

— Comment ! Vous voulez...

— Il n'y a pas le moindre danger.

Positivement, je frissonnais, et pas seulement de froid. Nous gravîmes quelques escarpements élevés puis le sol s'étendit d'une horizontalité presque parfaite. Très lentement, Niverlé, me tendant la main derrière lui, fit quelques pas sur l'épaulement.

— Ne regardez pas dans le vide... Regardez à vos pieds... Lentement, nous avons le temps... Arrêtons, et tournons-nous de manière à nous appuyer le dos à la muraille... Appuyez bien... Voilà... Ne bougez plus... Maintenant, vous pouvez regarder...

J'aurais voulu retirer le premier regard que je lançai ! Je ne vis rien d'ailleurs, je ne sentis rien que l'énorme folie du vertige. J'eus là un moment fort pénible : mes dents claquaient, une sorte de hideux chatouillement me monta dans les lombes. J'étais furieux de m'être aventuré en cet endroit et convaincu que je ne pourrais faire un mouvement pour en sortir. Et mon plus cruel supplice était précisément d'être taraudé, trépané, si j'ose dire, par cette idée fatale : que pour me tirer d'ici le parti le plus facile à prendre, le plus simple, le plus expéditif, le plus sommaire et le plus avantageux, c'était de me laisser tomber dans le gouffre.

Niverlé vit mon trouble : il me serra fortement la main et, peu à peu, rassuré par l'absolue immobilité que nous gardions, je me remis de ma frayeur. Alors je pus contempler l'abîme horrible et magnifique. Sous nos yeux le sol se creusait d'abord à pic, puis par une pente d'environ soixante-dix degrés, jusqu'aux rocs de la moraine. En penchant légèrement la tête, je pus même distinguer, avec la netteté d'une carte panoramique, la longue crevasse du glacier.

Celui-ci, vaste et aveuglant, multipliait dans la même blancheur implacable le fouillis de ses rides, flots d'une mer figée, avec une telle abondance que mes regards s'y brisaient sous l'empire d'un hypnotisme. Bossuée par la moraine, souillée de bandes boueuses, l'autre rive du fleuve solide se relevait rapidement, aussi abrupte que la nôtre ; elle portait des blocs aux stries parallèles, d'obliques contreforts, et ces larges plans inclinés des névés suspendus, aux lignes presque douces, puis, elle projetait en plein ciel, à une hauteur qui nous écrasait encore, les aiguilles du Plan, du Fou, de Blaitière, du Grépon, des Grands Charmoz, extravagantes dents de scie ! Et çà et là, haussant la tête ou penchant le cou derrière des échancrures sinistres, apparaissait une seconde rangée d'ennemis, voilés de gris par la distance : la Tour Ronde, le Mont Maudit, le Mont Blanc du Tacul, fantômes grandioses et repoussants... Par instants s'avivait une brise hostile qui me révulsait les nerfs.

Quant au belvédère, il était bien tel qu'on me l'avait décrit : c'est à peine si sa largeur atteignait soixante centimètres. La muraille était un peu humide, parfaitement unie, je ne pouvais songer sans épouvante aux efforts de celui qui avait dû tenter de s'y accrocher... Avec précaution, nous quittâmes la plateforme.

— Vous voyez, dit le journaliste, ce ne fut pas drôle. Smith m'a relaté les péripéties du combat. Pendant plus d'une minute les adversaires restèrent en garde.

Ils se prirent soudain, tâtonnant, cherchant à se maintenir à la paroi. Puis Rebuck fit choir Blackpherson et tomba sur lui. Blackpherson fut bien près, à ce moment, de perdre la partie. Couchés tous deux, ils s'enlaçaient désespérément et furent vingt fois sur le point de rouler ensemble au gouffre. Rebuck voulait faire ce qu'on nomme en argot sportif « parade de ceinture devant », la tactique de Blackpherson était d'écraser le plus possible Rebuck sur lui de façon à gêner ses mouvements et à empêcher surtout qu'il pût lui entourer la taille, car alors sa situation fût devenue bien précaire. Leur étreinte fut très longue, m'a-t-on dit, comme s'ils voulaient en savourer à satiété toute l'angoisse. Enfin, Rebuck parvint à se dégager un peu, croyant prendre de l'avantage, mais d'un coup de pied très violent, par surprise, Blackpherson lui fit perdre l'équilibre...

Mon cœur se soulevait. Il me semblait vivre avec un réalisme poignant ces moments où les antagonistes s'enivrèrent de haine jusqu'au délire le plus passionné, et vraiment ils durent vivre là des minutes d'une intensité inouïe. Une autre circonstance encore me causait une impression inoubliable : l'horreur du crime était égalée ici par l'horreur du cadre. Partout autour de nous, dans ce cirque haut de trois mille mètres, le roc tourmenté s'élançait aux plus folles exagérations, les Grands Charmoz m'effrayaient par leur dédain et leur hébétude hostile, plus loin, parmi d'autres ébréchures, d'autres têtes de rocher me fixaient avec une colossale et stupide colère, c'était une orgie de la nature, un tétanos de pierre figé dans un calme impétueux, et rien ne donnait, comme cette immobilité, la sensation d'un mouvement démesuré, furieux, infernal. Oui, nulle part l'âme, dans ses pires transports, n'aurait pu trouver un lieu mieux en rapport avec sa frénésie.

— Venez donc, Niverlé ; j'en ai assez, décidément, de cette histoire.

Nous commençâmes à redescendre. J'avais hâte d'échapper à l'obsession, de me retrouver dans la banalité douce du confort journalier, loin des abimes et des haines. Que m'importait, après tout, le cas de Blackpherson ? Je m'interdis d'y penser désormais. C'est avec joie que, le sentier s'aplanissant, je rentrai dans la civilisation et j'eus un bonjour affectueux pour M. Durnal qui nous croisa, allant lui aussi visiter le Crâne, avec ses guêtres, son appareil stéréoscopique, son Guide Bleu et sa flore.

## XVI

A Chamonix, l'intérêt du duel Blackpherson-Rebuck s'épuisa subitement après trois jours et cette foule d'oisifs se mit à parler d'autre chose. Fort heureusement d'ailleurs. Dans notre groupe, le docteur Gérin organisa une escapade à l'aiguille de l'M ; je m'empressai de n'y point participer. La fin de notre séjour arrivait ; je dus bien y croire lorsque Niverlé nous quitta, rappelé à Paris. Risban et Fortier durent se rendre à Saint-Etienne pour les affaires de la Société, mais leur absence ne devait durer que deux jours, après quoi ils reviendraient au Savoie-Europe où Marise continuait de séjourner, et ce serait alors le départ définitif.

— Je la laisse à ta garde, me dit Fernand en me serrant la main.

Alors je luttai durement contre ma destinée. Je m'interdis tout entretien prolongé avec Marise, en ce temps où nos rencontres eussent été si faciles. Je redoutais la gravité de ce qui allait se passer : ni elle, ni moi, je le savais, n'étaient de ceux qui galvaudent leur cœur en aventures éphémères, nous savions qu'un baiser, une étreinte, nous auraient unis à jamais. Je ne pouvais songer au lien sans le souhaiter éternel.

Mais cette pensée m'emplissait à la fois de délices et d'une inouïe désolation. Il est donc aisé d'imaginer la vivacité de mes combats intérieurs et les romanciers ont assez décrit ce genre de supplice pour que je m'en dispense dans ces notes.

La plupart de ces journées-là, je les passai dans ma chambrer à travailler. Je faisais sept heures de tierces et de sixtes sur le clavier muet que j'avais apporté, et ce labeur insensé m'exténuait. Je ne m'associais plus à nos groupes et pour m'excuser, je prétextais des maux de têtes, ce qui d'ailleurs était souvent vrai. Je ne sais pas exactement ce que Marise pensait de mon attitude et je crois qu'elle devinait les motifs de ma dérobade car elle sembla m'éviter. La petite promenade où je m'attardais après le diner, solitaire le plus souvent, ne faisait que m'enfiévrer davantage, et mes nuits étaient mauvaises.

Une surtout. Comment l'oublier jamais ? Je ne sais si les psychologues ont analysé ce lent travail d'infiltration des idées pendant notre sommeil, travail silencieux dont le résultat nous transforme parfois totalement. Notre volonté s'émousse, nous sentons bien alors que ce n'est pas elle qui nous conduit et le véritable maître de notre vie apparaît. Cette nuit-là, donc, après un assoupissement bourrelé d'inquiétude, je m'éveillai à l'aube. Jamais ma pensée ne se dégagea plus soudaine, plus énergique, plus affamée d'action. En réalité, je crois que j'étais égaré par la plus dangereuse fièvre.

Déjà les plaques indécises des fenêtres pâlissaient dans les révélateurs du matin. Une idée se cloua dans ma rêverie : Fortier et Risban revenaient ce soir-là. Je devinais confusément quelle importance aurait pour moi ce jour dont les premiers reflets venaient ondoyer sous mes yeux. Quelle importance ? Certes, puisque c'était le dernier où il me serait donné d'aimer Marise sans redouter de surveillance. Or, je ne songeai même pas à m'étonner d'une constatation : je venais de m'éveiller avec une décision mûrie, délibérée, définitive : Marise m'appartiendrait. Vous avez entendu parler de ces miracles du sommeil : vous cherchez en vain une solution difficile et le lendemain, en ouvrant les yeux, vous la trouvez toute faite, complète, merveilleuse, comme un objet que les vagues offrent soudain sur le sable. Un fait analogue se passa. Mes remords, mes luttes n'avaient jamais existé, je ne trouvais plus en moi qu'une intention toute simple. Bien fol avais-je été de tergiverser !

Mon absurde conduite, mon idéalisme de collégien, mes candeurs d'amoureux transi, m'apparaissaient soudain si grotesques que j'en ricanais, plein d'une pitié fielleuse pour ma propre bêtise. Fini, tout cela, je voulais Marise, Risban la voulait aussi, il s'agissait d'arriver premier. A ces instants-là, je fus vraiment coupable, mais ils furent courts et les sortilèges de l'insomnie les hantaient.

Pendant les minutes qui suivirent je sentis mon esprit, fatigué par plusieurs nuits de veille, s'amollir sous la pluie chaude d'une somnolence. Les cauchemars qui m'assaillirent alors furent la digne suite de ces heures de vésanie : je m'étais enfui avec Marise, j'avais repoussé Fernand, mon bonheur était énorme, grimaçant, criminel et je ne sais pourquoi le frisson horrible de l'affaire Blackpherson-Rebuck se mêlait à mon inquiétude, comme souvent, dans nos rêves, nos émois les plus dissemblables. Mon amour chantait, blessé à mort, dans le cadre farouche des montagnes déchirées...

Et lorsque je me levai, assez tard dans la matinée, j'étais littéralement malade d'impatience et de crainte.

## XVII

Je passai la matinée à errer sur les bords de l'Arve, retombé à mes incertitudes et plus désappointé que jamais. La chaleur tempérée par l'altitude était délicieuse. L'ombre des platanes dessinait sa mosaïque sur le sable des allées. Dans son canal rectiligne, la rivière prompte à s'enfuir vibrait comme une barre de métal.

Je retrouvai Marise au déjeuner. Plusieurs fois nos regards eurent des étincelles en se touchant. Après le café, contrairement à ce que j'avais fait les jours précédents, je la rejoignis sur la terrasse. Pourquoi ? Sans volonté délibérée. Presque sans y réfléchir. Mon destin me poussait, j'obéissais.

— Enfin, vous voilà ! dit-elle. Votre indisposition finissait par nous inquiéter. Désormais vous ne chercherez plus autant la solitude ?

Je ne pus répondre autrement que par un sourire triste. Marise me reprenait sous son charme infini. Je respirais le parfum de sa douceur : il me semblait que sa présence, comme d'invisibles mains, parcourait mon âme ainsi qu'une lyre et arrachait des accords exquis aux cordes de mon cœur.

— Vous avez donc été souffrant ? reprit-elle. C'est

mal de n'en avoir rien dit à votre amie. Oubliez-vous notre pacte ?

— Non, certes, Marise, et je vous assure que je n'y ai jamais autant pensé...

Elle fit un mouvement pour parler mais se tut. Les pétales d'un long silence tombèrent, jonchèrent ma pensée et finirent par couvrir entièrement les mots que j'aurais voulu dire. Ce pacte chimérique, n'était-ce pas le moment de le dénoncer ?

— Vous souvenez-vous de nos conversations musicales ? dit-elle soudain. Croyez-vous que nous retrouverons ces beaux instants ?

J'éprouvai un soulagement. Quelle ressource me donnait la charitable Marise ! La musique allait venir à mon secours, elle remplacerait divinement la maladroite dureté des paroles.

— Certes ! répondis-je. Maintenant, voulez-vous ?

— Je n'ai pas mon violon. Mais vous, vous pourriez jouer...

— Venez, Marise, venez.

Il y avait dans un petit salon, souvent désert, un excellent piano que je prenais parfois pour confident. Nous nous y rendîmes. Je refermai la porte : nous étions bien seuls ! Avidement je m'installai au clavier.

Elle s'assit près de moi, le front dans les mains. Aussitôt une grande âme nous visita. Tout naturellement était venu sous mes doigts le chant puissant de l'Héroide-Elégiaque, de Liszt, et il me semble qu'aucune autre page n'aurait pu traduire si bien l'impression que j'éprouvais à ce moment.

Les premières mesures annonçaient la mort de toute joie : elles ouvraient un escalier mystérieux où la lumière se perdait ; vers quel néant devait-il descendre ? Nuit de la pensée, nuit du cœur, ténèbres où l'on apprend à se détourner de toute consolation... Et pourtant ! Parfois passait, dans la caresse du *mi majeur*, un souvenir de lumière blonde, un mirage de vie riait dans les vergers sous le pétillement du soleil, elle aurait été si bonne, cette vie, si le destin l'avait permis !

Et j'aggravais l'intensité poignante de ces notes lourdes. Vivre sans Marise ! Pourrais-je accumuler assez de noirceur, assez de désespoir dans des accords sauvages pour exprimer la douleur d'une telle pensée ? Pourrais-je en dire par des accents assez atroces l'écœurante désolation ?

Ainsi j'effeuillais le rude et suave poème, et j'en venais à sa dernière partie où je ne sais quel éclat rayonne soudain. Car l'artiste prend ici toute sa douleur et d'un élan l'élève si haut, si haut dans les grandeurs de la passion qu'un ravissement l'exalte tout à coup. L'amour frémit et l'appelle, l'amour immensément offert. Ici, Liszt, dans un transport wagnérien, fut vraiment possédé par le sublime délire du génie : à mouvements larges il tire de nos âmes les plus divines plaintes de félicité ! Avec le compositeur je m'enivrais à cette coupe où tout à l'heure encore je croyais ne trouver que du fiel...

Je m'arrêtai soudain et j'allai à Marise. Elle se leva et sans me parler autrement que par ses yeux en pleurs elle ne se refusa pas au baiser fou que je lui pris...

Que dire de ces instants, les plus délicieux d'abord et les plus horribles ensuite de tous ceux que j'aie vécus ? J'avais refermé mes bras sur Marise et ma pensée défaillait sous le poids d'un bonheur insensé. Minutes de feu, votre souvenir m'assaille encore...

Il fallut bien cependant nous arracher l'un à l'autre. Alors se passa quelque chose d'atroce. Affolée, Marise tendit la main :

— Il y a quelqu'un, là, là !

Elle montrait la porte. Eperdu, les oreilles bourdonnantes et ivre encore du parfum de ses cheveux, je retombais avec douleur dans le monde des paroles.

— Il y a quelqu'un, reprit Marise. J'ai entendu un faible bruit de toux. Quelqu'un attend derrière la porte !

Ses yeux se révulsaient... En un instant mon cœur s'était vidé de joie et empli à déborder d'une affreuse rancœur. Qu'ai-je fait ! Fortier est là, certainement ! Je lis déjà dans ses traits tout son mépris pour le misérable que je suis... L'heure la plus cruelle, la plus honteuse de ma vie va commencer... O l'horreur de ces revirements !

Mais il faut agir. Je m'efforce de me raffermir quelque peu. Après tout, Marise a pu se tromper : il n'y a peut-être personne. D'une poigne violente j'ouvre la porte...

Un homme attendait là, en effet. C'était Risban.

J'éprouvai un soulagement. J'aimais mieux cela. Risban, les pouces dans les poches de son gilet, les yeux allumés, jaune, hideux de jalousie, me couvrait d'un rictus énorme.

— Félicite !

— Que voulez-vous dire ?

— Je dis que je vous félicite. Allons, ne faites pas

la bête. Vous étiez avec ma maîtresse. Je vous surveille depuis une heure. C'est du joli.

— Risban, je ne permettrai pas...

— Suffit. Je sais à quoi m'en tenir. Nous allons arranger cela.

— A vos ordres.

Il tourna les talons. Je sentis bondir en moi le désir de courir derrière lui, de le prendre à la gorge... Des gens passèrent dans le couloir. Un éclat n'aurait fait que compliquer encore ma situation déjà plus que scabreuse. Je gagnai ma chambre, l'âme dévastée, les tempes lourdes.

## XVIII

Je dus paraître au dîner, faire bonne contenance. Marise, elle, resta dans son appartement. Jamais repas ne me fut plus insupportable. Risban était là aussi : il plaisantait grossement et ne semblait nullement affecté, mais il évitait mon regard. Je me levai le plus tôt que je le pus et m'en allai dans le parc, où je pouvais mieux me laisser dévorer par la meute de mes pensées.

Parmi tant de joies, de hontes et de souffrances, une énigme émergeait. Risban avait dit : « ma maîtresse ». Marise s'était-elle donnée à lui ? Avec ou sans la connivence de Fortier ? Les appréhensions de Niverlé n'avaient donc pas tort ? Et le journaliste n'était plus là pour que je pusse me confier à lui... J'étais abasourdi... Mais pourtant Marise m'avait toujours juré qu'elle tenait Risban à distance. Ou bien cet homme avait menti, ou bien c'en était fait de notre amour... Mon Dieu, comment savoir, comment savoir ?

Et pourtant l'idée que mon amie eût pu se partager paraissait absurde... Je la rejetais avec dégoût. Jamais femme ne m'avait paru plus sincère. Fortier non plus n'aurait pu accepter des marchés de ce genre...

Fébrile et absorbé, je parcourais le vaste parc. Le jour s'allégeait – ce jour étrange que j'avais commencé à l'aube par des méditations si corrosives... Ma promenade me conduisit au pavillon situé au bout de l'enceinte, sur le chemin du glacier, et où le Savoie-Europe exploite un Bodega. J'y jetai un coup d'œil distrait et sursautai en apercevant Risban. Il était seul. A d'autres tables, des consommateurs jouaient aux dés assez bruyamment.

Mon premier mouvement fut naturellement de m'éloigner, mais je ne sais comment il se fit qu'au contraire je m'approchai de lui et montai sur la terrasse. L'idée confuse m'était venue de lui parler et surtout de le faire parler, de SAVOIR. En effet, de Marise je n'apprendrais que la confirmation des assurances qu'elle m'avait données. De Fortier, rien à tirer, évidemment. Peut-être qu'en sondant Risban...

Il eut, lui aussi, un geste en m'apercevant, puis me regarda venir, surveillant mon attitude. Lorsque je fus près de lui, il reprit son air goguenard.

— Vous acceptez un verre ? dit-il.

Je ne m'attendais pas à une telle proposition. Elle servait mes projets. Je m'assis donc en face de lui.

— Belle soirée, pas ?

— Magnifique, dis-je.

— Ce whisky est excellent. En voulez-vous un ? Garçon, un whisky.

Le barman remplit à demi de grands verres. Je bus une gorgée : du feu au relent aigre. Puis je regardai mon interlocuteur. Ma stupeur de me trouver en ce lieu était extrême. Je devais sembler passablement égaré car peu à peu Risban recommença d'arquer son repoussant sourire.

— Hein ! Quelle rencontre ! Savez-vous que notre

séjour ici est terminé ? Que nous regretterons bientôt ces bonnes journées ?

Je répondis par quelques banalités aussi. Il n'y avait de vrai en nous, derrière nos masques, que des pointes de couteaux au fond de nos yeux.

Les joueurs de dés, à l'autre table déchaînaient un tumulte d'exclamations et de rires. Un reflet rouge venait du ciel figé dans les splendeurs du soir. La terrasse, en effet, dominait directement l'entrée de cette sorte de cirque dont tant de fois nous avions contemplé la majesté. La ligne des faîtes dressait ses tours immobiles dans le tournoiement lent des clartés vespérales.

— Voyez là-haut, dit Risban, le Grépon... Pourquoi n'attaquerions-nous pas cela, à quelques-uns ? Ce serait un coup d'audace pour terminer la série. Il est vrai que plusieurs y ont déjà laissé leurs os...

Je ne sais s'il attachait quelque importance à ce qu'il disait ; quant à moi, je ne l'entendais même pas. Je ne songeais qu'à ce qui m'avait amené ici : en finir avec ce doute... Mais comment y parvenir ? La conversation rampait dans des détails insignifiants, et je ne me sentais vraiment pas la force de la diriger où j'aurais voulu. Machinalement, à petites gorgées, je vidai mon verre, tandis que déjà la liqueur me pénétrait le cerveau de son chaud rayonnement.

Risban tapa sur la table.

— Garçon, remplissez.

Il avait raison : l'alcool était, après tout, un remède aux pires chagrins. Je bus avidement un deuxième verre, auquel succéda un autre que je commandai. Un embrasement, léger d'abord, puis de plus en plus nourri, passa dans mes nerfs. Soudain je vis Marise dans mes bras, je revis son visage penché, pauvre petite chose sous la rafale des sentiments, petite chose mienne qui s'était donnée quelques heures plus tôt dans un transport si pur... Je fermai les yeux, l'adorable vision m'exaltait, puis je regardai Risban. Je les fermai encore : Marise. Je les rouvris : Risban. Alors, tout à coup, mon cœur gonfla jusqu'à contenir une mer, un océan de haine. Cet homme qui avait peut-être été son amant, qui voulait l'être encore, une tentation, un désir irrésistible me vint de le saisir, de le tuer ! Oui, de le tuer ! Un besoin montait des abîmes inconnus de mon être, un rappel des ancestralités sauvages... Je ne soupçonnais pas comment il fût possible que toute la vie pût ainsi, en un instant, se transformer en haine : une haine absolue, une haine nécessaire... Où avais-je donc pensé à cela ? Ah ! Oui, au belvédère, à propos de l'affaire Blackpherson-Rebuck...

Et le menton dans les mains, je regardais toujours Risban, je me délectais de ses traits, de même que l'amour se plaît à détailler les charmes de l'être cher, de même ma rancune puisait une force nouvelle à contempler cette face safranée, les poils noirs de cette courte moustache et jusqu'aux rugosités de la peau, jusqu'à une verrue minuscule où s'accrochait et rebondissait ma haine, ma haine !

Le jazz de l'hôtel commença de jouer à ce moment, et ses notes affaiblies par la distance déroulèrent jusqu'à nous leur feston biscornu. Les flammes du soir s'affaissaient : à chaque table s'alluma une lampe sous un abat-jour diapré. Nous nous taisions depuis quelque temps, un nouveau verre venait d'être apporté, peu à peu montait, à mes oreilles creusées, le grand bruit de l'ivresse. J'avais peine à contenir ma vigueur décuplée, mon désir de violence.

— Eh bien? dis-je tout à coup, comme sortant d'une songerie.

— Eh bien?

— Assez de fadaises. Il faut s'expliquer... Les yeux de Risban s'arrondirent et ses traits se contractèrent horriblement. Brusquement nous avions arraché nos masques. Les lèvres du banquier se mirent à titiller : il me paru subitement très ivre.

— S'expliquer, fit-il. Oui, s'expliquer. C'est bien simple. Nous aimons la même femme : qui de nous deux aime-t-elle?

Je serrai les poings... Cette question, comment Risban pouvait-il même la poser? Est-ce que Marise lui aurait laissé entendre...

— Soyons pratiques, reprit Risban. Il y a deux moyens de vider notre querelle : sur le terrain ou... à l'amiable. La guerre ou l'arbitrage. Vous voulez Marise. Je la veux aussi. Eh bien... jouons-la aux dés.

Je sursautai.

— Ah ça! Vous êtes fou, Risban? Croyez-vous avoir affaire à un nigaud? Vous êtes fou, ou vous êtes ivre?

— Nullement. Un coup de poker... Comment diantre pourrait-on s'en tirer autrement? Vous ne voulez pas renoncer bénévolement à Marise, pas? Moi non plus. Alors...

Il ricane. Jamais plus qu'à ce moment il ne m'est apparu odieux et grotesque. Jouer Marise aux dés, comme dans les pires romans-feuilletons, comme dans les plus bêtes histoires à divertir les gosses... D'où lui venait ce projet saugrenu ?

— Non, non, jamais ! L'autre solution, Risban... Le pistolet, l'épée, je vous laisse le choix...

— Soit, jeune homme. A votre disposition. Puisque vous y tenez, je vais vous régler cela...

Ses lèvres se retroussent, des lames miroitent dans les yeux.

— Demain matin, si vous voulez.

— Pourquoi pas maintenant ? dis-je.

— Et les armes ?

— Les armes ?

Quelques soupirs d'aise... un ébrouement... Poussifs, M. et Mme Fascaux viennent s'installer à la table voisine.

— Une orangeade, garçon. Et toi, ma bonne ? Un peu de camomille ? Eh ! Mais ! C'est notre excellent ami Marvillac. Et Monsieur Risban. Quel plaisir de vous rencontrer ! Le temps va changer, on dit que le baromètre baisse...

Stupéfaits, nous considérons les nouveaux venus qui sont trop dépourvus de toute perspicacité pour apercevoir notre trouble. Je plaque quelques monosyllabes... M. Fascaux bat une marche sur la table, accompagnant le jazz. De son index, Risban désigne les verres au barman qui comprend aussitôt.

Insidieusement d'invisibles mains viennent me frôler, tourbillon ami ; empressées, flagorneuses, elles me prodiguent leurs caresses puis, à l'improviste, déposent sur ma tête une couronne de fer. Et elle va s'alourdir, cette couronne, elle va s'alourdir sans cesse, se compliquer, s'historier, se fleurir de fleurons... Mes tempes battent comme des tympanons sous la baguette d'un petit diable espiègle. Le bruit enfle, un crescendo magique monte, s'arrête, reprend...

M. et M^me^ Fascaux s'en vont dormir placidement, non sans nous avoir souhaité une bonne nuit. Une bonne nuit ! Baroque ! Cet adieu poli amuse un instant ma pensée qui l'agite comme un hochet.

— Buvons quand même, dit Risban, congestionné.

Parfois s'arrêtent court mes réflexions, en lignes brisées, dans un chaos. Un engourdissement coule du plomb dans mes veines. Mon regard oblique s'appuie soudain sur un souvenir d'enfance absolument étranger à tout ce qui vient d'arriver. Un affable mannequin, mon défunt professeur de solfège, M. Danverbois, fume le passé dans sa pipe ventrue... Comme j'ai eu tort de ne pas lui prouver mieux mon affection ! J'en pleurerais bien maintenant... Risban fait remplir encore les verres. J'abonde dans son sens et rétablis daredare la communication avec Chamonix, non sans un certain flottement dans les connexions... Ma haine, tendue contre lui comme un poignard, vient de recevoir un coup de marteau qui l'a écachée. Autour de nous la nuit s'entasse, mais voilà : il y a ici une table, et sur cette table une nappe rouge dont le dessin remplit l'univers, et sur cette nappe une lampe qui creuse dans l'ombre une caverne claire. Je me fous pas mal de ce qu'il peut y avoir en dehors de cette caverne. Ah ! Comme ce cristal perplexe grelotte en renvoyant les rayons... D'étranges saveurs d'iode ou de feuilles mortes passent dans ce whisky. Le barman, un homme extrêmement bon et spirituel, nous en verse une nouvelle rasade en riant.

— Voici l'heure auguste... dit Risban en montrant les montagnes.

Où donc est Risban ? Là, près de moi... Mais non, il est bien à dix mètres, tant sa voix ma paraît lointaine... Ah ! Oui ! L'heure auguste où les lions vont boire ! Sacré Risban, il en a de bonnes... Oh ! Oh ! Oh ! Le Grépon, là-haut ! Ce n'est plus du tout un tuyau de cheminée. Voyez-vous ça, un sommet saoul qui met de travers son chapeau haut de forme. Et plus loin ce menton levé, ce tibia brandi... Vont-ils se mettre à danser ? Mais non, je passe la main sur mon front de bois pour en faire partir les idées sottes. A qui appartient ce front ? C'est drôle, hein, tout ça ! Drôle, drôle, drôle...

Nous ne buvons plus. Nos verres vides sont là. Je vous dis qu'ils sont là, dans l'absolu, posés sur la nappe, vissés par la pesanteur. J'appuie mes coudes sur la table pour l'empêcher de se balancer. Des hoquets, retours de flammes ! Je dois avoir un démon là-dedans, et il me cuisine quelque chose de soigné...

Le jazz, là-bas, se démène toujours, pousse des couacs dans le gros nez de ses saxophones. Et c'est crevant, ça, ces hannetons de bruit qui viennent rôder ici... Risban brimballe la tête, à droite, à gauche, en mesure... Ah ! Sacré nom de nom de Risban ! Et dire que je vais me battre avec cette coloquinte-là ! Et pour une femme ! Me battre pour une femme ! Cela ne m'est plus arrivé depuis ma première communion. A ce moment, le saxophone s'arrête en te fichant une incongruité si énorme que nous éclatons de rire tous deux.

— Les importations de blues exotiques à la douane... dit Risban.

Il bredouille, à petits poufs-poufs, l'ivresse mijote dans sa grosse langue. Je fais des efforts pour promener çà et là le pinceau incommode de ma pensée. Il y a des trous dedans. Ah ! Là, là ! Je tape sur l'épaule de mon ami. C'est tout de même un bon zigue.

— On se connaît, vieux. Pourquoi que tu me regardes ?

— Parce que tu me plais, dit Risban. On est des hommes tous deux, pas vrai ? Alors il ne faudrait pas se quereller pour des femmes. Les femmes, bon sang de bon Dieu ! Ecoute bien ceci : elles nous en feront toujours voir assez.

Je ne suis pas d'accord, mais quel physicien fabuleux ne faudrait-il pas pour calculer les ricochets de la lampe dans ce sempiternel cristal de mon verre ? Opinions, opinions : quelques larmes d'attendrissement me viennent, une vive amitié m'attire tout à coup vers Risban, une chaude, une brûlante confraternité. Je voudrais l'embrasser. Je me ferais tuer pour lui. Comme j'étais benêt de lui en vouloir l'an passé ! Un optimisme incommensurable ruisselle partout, peuple l'espace, jusqu'aux étoiles,

— ...Toujours voir assez, répète-t-il, oblique.

J'insinue, papelard :

— Il y a longtemps que tu la connais ?

Je ne sais pas très bien ce que je dis : machinalement je vais là où ma volonté, avant l'ivresse, voulait me conduire. Mais l'image de Marise n'est plus qu'un médaillon dans les flots de velours de ma joie sombre...

— Et tu as eu la veine d'en faire ta maîtresse ?

— Comme tu dis...

Ma voix sonne toute tordue.

— Raconte donc ça à ton copain... Alors, ta maîtresse ? Où ? Quand ?

— Quand ? Il y a huit jours. Quel morceau, mon vieux ! Quelle délectation ! Où ? A la Flégère. Rien d'un cabinet particulier. Qu'on me parle d'un oreiller de mousse ! La chute, quoi ! Inénarrable ! A dix-huit cents mètres ! Avec l'assentiment des grands hélio... des petites campanules !

...Des petites campanules ! Ah ! Ah ! Ah ! Le bougre de chançard ! Je me dépêtre dans les boyaux de mon large rire éventré. Il est tordant, ce Risban qui a une sale gueule tout de même...

— Qu'est-ce qui te prend ? dit-il.

— Laisse-moi pouffer ! J'aime de savoir à quoi m'en tenir. L'incertitude, tu vois, – ici un hoquet – très peu pour moi ! Ah ! Ah ! Epatant ! J'aime mieux ça. Le doute... J'ai brûlé... Tu parlais l'autre jour de Lautréamont ?

— Qui ça ? Ah ! Oui. Ce louftingue ?

— Pas louftingue. Sa prose, une énigme à intérêts composés. Une nuit...

— En mal d'aurore.

— Abruti ! Eh bien, c'est lui qui me fera dire que... j'ai brûlé...

— Qu'est-ce que tu me chantes-là ?

— J'ai brûlé, sur une pelle rougie au feu, avec un peu de sucre jaune, le canard du doute...

— Le canard du doute ! Ah ! Ah ! Pas mal.

— Le canard du doute, aux lèvres de vermouth...

— Pourquoi pas de whisky ?

— Le doute est doux et amer...
— Aux lèvres de vermouth... Ton canard n'a pas de bec ?
— Non, et ferme le tien. Le doute n'a pas de bec. Mille tonnerres, Risban, il vaut mieux ranimer dans son sein, à rebrousse écailles, le petit caïman de la certitude...
— Marvillac, vous commencez à divaguer.
— Pas encore.
— Garçon, deux verres !
— L'avenir est un sphinx à deux têtes.Tu avais raison, Risban, nous aurions dû jouer.
— Eh ! Tu y viens ! Il en est temps encore. Veux-tu ?
Sur sa demande, on apporta les dés. Une gaîté décisive papillonna autour de nous. Les autres consommateurs venaient de sortir. Nous étions seuls. Le barman disparaissait. Les lampes gravitaient dans l'espace courbe. Des miroirs vertigineux jonglaient avec la salle qui se dédoublait, se triplait, sur des plans que ne coïncidaient plus...
— Soyons brefs, dit Risban. Chacun...
J 'éclatai d'un rire troué de hoquets.
— Brefs ! Brefs ! Accusé, levez-vous... Mon histoire sera brève...
— Veux-tu écouter ? A chacun trois coups de dés, le plus haut comptera. II est entendu que celui qui perd se défile. Engagement d'honneur ?
J'eus un sursaut. L'honneur ? Un vieux mot. Péniblement j'allongeai :
— En-ga-ge-ment d'hon-neur.
— Un coup pour voir qui commence.
Il amena cinq et moi l'as. Je pris avidement le

cornet et j'agitai les dés. Soudain, l'énorme usine de mon ivresse s'arrêta de tourner. Un drame violent me saisissait dans un de ses remous. Ma pensée s'avançait comme un crochet dans un silence inquiétant. Les dents grinçantes, je considérais l'hexagone de drap vert où notre destinée allait se décider. Je jetai les dés ; et aussitôt, le front penché, exorbités, bavant, nous les piquâmes du regard.

— Soixante-cinq, dit Risban. C'est maigre. Continue.

— Je bus une gorgée et inclinai une nouvelle fois le cornet. Risban releva la tête.

— Cent soixante-quatre, reprit-il sur le même ton. Tu progresses.

Il ne riait plus. Sa trogne écarlate, où luisait la porcelaine de ses sclérotiques, me semblait drôlement boursoufflée. Une trépidation me gagnait, qui faisait trembler tous les drapeaux de ma folie. Mais cette fois, des drapeaux flottaient et sombraient dans un incendie. Ma main tremblait si fort que c'est à peine si je pouvais tenir le cornet.

— Encore une fois. Vas-y, petit...

J'amenai deux six et un trois. Mon cent soixante-quatre primait. Après tout, ce n'était pas si mal. Risban le fit bien comprendre en plissant d'un air entendu sa bouche de brochet.

— Il faut deux as pour battre ça... A moi.

Je ne bougeai pas. Le va et vient de mon ivresse m'amenait à une impatience maladive, une colère froide. Curieux, cela : parfois je tanguais... J'enjambais des vagues... Furtifs coups de fourchette des chiffres dans la viande avariée de mon insanité... Et quelques instants après je me sentais plus lucide que tout mon ancien traité d'algèbre élémentaire.

Les dés s'abattirent.

— Malheur ! dit Risban.

Le coup n'était guère intéressant : deux quatre et un trois, rien. Risban secoua longuement le cornet, la tête penchée. Je ne voyais de lui que ses cheveux noirs, plaqués de brillantine, déjà clairsemés. Une fois encore les dés roulèrent. Malgré le whisky, mes yeux cueillaient les images avec une incroyable vélocité. Mon partenaire avait amené des points médiocres mais avant que le troisième dé se fût immobilisé tout à fait, Risban donna un coup à la boîte, soit par mégarde, soit à dessein. C'en était trop, au degré d'excitation où j'étais. Je bondis, frappai du poing sur la table.

— Nom de D..., pas tricher ! m'écriai-je, écumant de fureur.

J'aurais toléré tout, mais pas ça. Je me sentis fouetté de frénésie, je devais être si livide, si menaçant que Risban baissa la tête sous l'orage.

— Tout doux, mon vieux. Qu'est-ce qui te prend donc ? C'est à remettre.

Je retombai sur ma chaise, épuisé par mon accès. Risban recommença de jouer.

— Cent soixante-quatre, dit-il. Barrage.

— La décision en un coup ?

— Nullement. Il me reste à moi-même un coup, et tu vas voir que...

Ses yeux se souillaient d'une immonde moquerie. Quant à moi, je haletais. C'était un sifflement, cette fois, qui retentissait à mes oreilles, un ouragan hostile, suraigu, assassin... Risban balançait toujours le cornet.

— Mais frappe ! Frappe donc !

Il frappa. Les dés stupides roulèrent et se posèrent. Une constellation noire se dessina au ciel de ma stupeur et, certes, je ne l'oublierai jamais.

— Deux cent deux ! rugit Risban.

J'avais perdu. Une nausée affreuse me vint. Je restai affalé, descendant dans une mer d'abjection : ses boues se resserraient sur moi, me palpaient de leur étreinte visqueuse. Le bruit de rouages avait repris, grinçant, faussé, et la tête dans les épaules, la lippe pendante, je contemplai les dégâts de ma démence.

— Sortons, dit Risban. Il est onze heures.

On attendait notre départ pour fermer. Nous acquittâmes chacun la moitié d'une addition dont je n'ai jamais connu le montant, puis nous parvînmes à quitter cette salle. Fraîcheur. M'étais-je éveillé d'un cauchemar ? Je m'étonnai de ne me trouver presque pas ivre. Les sommets, plus décharnés encore dans la clarté lunaire, faisaient une ronde autour de nous. Estomaqué, le Dru en demeurait balourd, le museau menaçant...

Nous sortîmes du parc et abordâmes la route. Chacun de nous était glacé dans son monde de pensées. Nous dépassâmes l'hôtel, déjà éteint, et où brûlaient seuls les deux lampadaires du porche.

A ce moment éclata un brasier : une auto cassa au tournant les éclairs de ses phares. Il n'y avait qu'un homme dans cette voiture, et il nous fit un geste. Il rentra la voiture au garage, puis vint vers notre lente promenade. C'était Fortier.

— Oh ! On a un peu fait la noce, il me semble.

Fortier revenait avec la nouvelle inespérée qu'un

groupe américain financerait son entreprise et que sa société, remaniée, serait hors de danger. Rayonnant, il voulait nous faire partager un enthousiasme dont nous n'avions que faire.

La vue de Fortier m'était insupportable. Je ne pouvais d'ailleurs plus guère parler : à chaque effort que je faisais, le couvercle de l'ivresse retombait de tout son poids sur ma phrase. Je m'en allai.

— Au revoir... Vous avez à discuter affaires...

Eux continuèrent à s'entretenir sur l'esplanade. Il y a des lacunes dans ma mémoire, mais ce qui suit y est resté gravé en traits nets : Risban prit le bras de Fortier, comme s'il voulait faire quelques pas avec lui avant de rentrer. Moi, je m'éloignai d'eux. A ce moment précis, un domestique de l'hôtel, que nous ne connaissions autrement que par le prénom d'Henri, sortit du garage qu'il ferma soigneusement, traversa l'esplanade et, comme l'entrée de service se trouvait à l'arrière du Palace, il contourna celui-ci. Il salua Fortier et Risban au passage, je suis certain aussi de détail.

J'entendais rire Fortier qui s'amusait probablement des inepties que l'autre lui débitait. Puis, il prit congé de lui, en disant exactement cette phrase qui, quelque banale qu'elle fût, m'est restée si fidèlement que j'en entends encore la moindre inflexion :

— Retournez donc vous mettre au lit, Risban, c'est le mieux que vous ayez à faire.

Puis, il traversa obliquement l'esplanade pour rentrer par le porche central. Je me trouvais alors dans un coin d'ombre et il ne me vit pas.

Je restai seul. A une vingtaine de mètres sonnaient les pas saccadés de Risban. Que faisait-il donc ? Pourquoi ne rentrait-il pas ? Sans le savoir, je me représentais ses allées et venues, et je ne sais quelle bizarre impression, quelle sorte de convoitise j'en éprouvais.

Que faire ? Je ne pouvais remonter dans ma chambre, l'alcool m'eût empêché de dormir. Soudain, je revis Marise, tout mon amour me reflua, mon cœur fit vers elle un bond désespéré : ce fut comme un dernier reflet de beauté dans ma nuit. Une horreur sans nom s'empara de moi au souvenir de ce qui venait d'arriver. Je me précipitai vers Risban.

Lui continuait sa promenade sans but. Il sortait alors de l'ombre projetée par l'hôtel et pénétrait dans la clarté de la lune. Il me sembla qu'on y voyait comme en plein jour.

— Risban ! lui dis-je d'une voix sourde.

Il se retourna. Il était livide, les yeux torves, une légère bave aux lèvres. Je le pris par l'épaule et le secouai violemment.

— Et vous croyez que cela va se passer comme cela ?

Je devais être au dernier état de l'exaspération, car il recula, surpris. Aussitôt, il reprit son expression féroce et retroussa ses babines de carnassier.

— Ah ! Vous avez gagné ! Vous avez gagné ! Et vous êtes assez bête pour croire que...

Il leva la main. Je parai le coup. Nous frémissions tous deux du désir de nous étreindre...

Ce soir-là, nous ne prononçâmes plus un mot, ni l'un, ni l'autre. La haine, comme l'amour, méprise parfois les paroles. Les étoiles chantaient une symphonie inouïe. Les montagnes construisaient un silence tonitruant... L'immensité minérale martyrisait de ses dards le corps renversé de la nuit... Luisant de lune, avec son grand front de travers, le Crâne nous attirait, nous attirait, invinciblement.

# XIX

Lorsque je m'éveillai, le lendemain, accablé de dégoût, de remords, de détresse, je ne vis pas d'autre issue que le suicide. Il y a des choses tellement lamentables qu'elles se dérobent aux mots. Je ne pouvais même plus me débattre dans les remous de mon désespoir : le marasme le plus effrayant, le découragement le plus amer m'accablaient. Mais au fond de moi-même commençait de s'élever le désir de fuir le chemin du mal où je m'étais avancé si loin ; c'est ainsi que je résistai à la tentation de me donner la mort.

J'avais résolu de quitter l'hôtel séance tenante. Mes amis ne devaient pas s'étonner de ce départ, annoncé comme prochain depuis quelque temps. Je pris la résolution de ne plus revoir Marise, même pour un adieu rapide. Et mon cœur brisé subit alors ses derniers soubresauts, mes yeux brûlèrent les dernières larmes de ma vie passée. Car je sentais bien que c'était fini...

Je dus d'ailleurs, avant de prendre le train, faire face à une dernière obligation. La disparition de Risban avait, on le pense bien, consterné tout le monde. Il n'était pas rentré cette nuit-là : lorsque la journée passa sans qu'on eût de ses nouvelles, personne ne douta plus qu'un malheur ne lui fût arrivé. La police ouvrit une information, et je confirmai avoir passé la soirée en compagnie du banquier, qui n'était pas rentré à l'hôtel avec moi.

Lorsque je sortis du commissariat et que ces détails cessèrent de me peser si importunément, je revins boucler mes malles. Puis je serrai avec effusion la main de mes compagnons de voyage. Je les revois encore réunis presque tous sur le perron du Palace, parlant de cette disparition qui demeurait incompréhensible pour eux, car Risban était un alpiniste avisé. En ces derniers jours, rappelait M. de Sarcourt, il avait mis à son actif des courses assez difficiles, comme le Buet, le Moine, les Aiguilles Rouges...

— Et la Flégère, dis-je, la dernière excursion qu'il a faite avec Mme Fortier.

— Avec Mme Fortier ?

— N'y allèrent-ils pas la semaine dernière ?

— Nullement, quand Risban est monté à la Flégère, Mme Fortier est restée à Chamonix. Elle est venue avec moi faire des achats et commander les billets de retour.

Il avait dit cela ! Je détournai la tête pour cacher mon trouble exquis, mon indicible soulagement. La seule joie que pouvait encore me donner ma vie révolue m'avait été accordée ! Je pouvais m'en aller à présent, gardant toute ma souffrance, mais guéri de la rancœur qui en était le plus cruel tourment.

Je fis porter mes bagages et franchis pour la dernière fois la grille du Savoie-Europe. Il me restait quatre heures avant le départ du rapide. Il s'agissait de les passer loin de mes amis, loin de tout danger de revoir la femme aimée. Sans but, sans même savoir où je dirigeais mes pas, j'errai dans la direction du hameau.

Langueur d'automne ! Le temps se ternissait, le ciel couvert dérobait les sommets qui semblaient se retirer de cette terre...

Que faire ? Ma vie, ma carrière, ma foi, ma joie étaient perdues à jamais... Mon Dieu, mon Dieu, toute lueur de salut me serait-elle toujours refusée ? Et pourtant une bonté sans bornes régnait sur la campagne, des paysans, des enfants passaient, une femme portait une botte de foin, une petite fumée flottait là-bas sur une maison où l'on préparait le repas du soir. Des aoûterons rentraient à la ferme, heureux de leur travail terminé. Et l'appel serein d'une cloche chantait.

Instinctivement, j'allais vers la consolation de cette cloche. Je la voyais se balancer dans le campanile d'une pauvre église qui traçait en lignes simples sur le paysage alpestre ses murs au crépi gris et rose. Sa petite façade au triangle un peu penché avait la douceur et la naïveté d'un dessin d'enfant. Et pour moi qui me débattais dans l'horreur, il y avait parmi cette douceur quelque chose de si céleste que je n'osais y croire, le rappel d'un monde pur que mon crime m'avait interdit à tout jamais... A mesure que je m'approchais grandissait la voix de cette cloche et grandissait son charme... Sans bien savoir où j'allais, je parvins ainsi au seuil de l'église et là je m'arrêtai, j'hésitai.

D'un dernier coup d'œil, angoissé comme un adieu, j'embrassai la vie qui m'entourait et que j'allais quitter, que je devais quitter ! La brume s'était levée, ses derniers voiles montèrent dans le soleil qui déclinait. Le jour finissait dans un recueillement. Deux jeunes paysans portant des fagots passèrent et me saluèrent. Combien heureuses les consciences que la passion n'a pas déchirées ! Un train étendit son long bruit horizontal. Les sommets s'esquissèrent très délicatement, sans poids, dans une poudre d'or. Là-bas s'illuminèrent les feuillages du Savoie-Europe...

J'en détournai mes regards et je franchis le seuil de l'église. Lumière, chants d'oiseaux, respiration paisible de la campagne, tout s'abolit. J'entrais dans un autre monde...

Mes yeux se firent à l'obscurité : une grande croix régnait sur l'autel, des chandeliers de cuivre recueillaient les ultimes lueurs, deux gerbes de dahlias achevaient de se faner...

Alors, dans ce silence, dans cette ombre, dans l'odeur fade de ces fleurs presque mortes qui se mêlait à celle de ces pierres presque usées, plus rien n'exista qu'une tendresse infinie, lénifiante comme l'auraient été les baisers de ma mère si je l'avais connue. Alors le rythme affaibli de la cloche s'élargit comme la sérénité des cadences plagales dans un temple harmonieux, mon oppression s'allégea dans de bienfaisantes larmes, je sentis mon cœur se fondre comme à la révélation de l'amour... Et devant la grande croix qui restait blanche, tandis que mes mains tremblantes essayaient de se lever vers le pardon, très lentement, très lentement, je tombai à genoux...

# Troisième Partie – Le Lampier

# I

Retour au poème austère. Fendez encore l'aube glacée, haute étrave du chœur ! Voilà que frémit aux lumières nouvelles votre voilure de vitraux. Pour que toutes les forces de la prière vous entraînent, la nef harmonieuse déplie le cordage de ses arceaux et ici règne, battu par les flots de la foi qui ne meurt jamais, le Plain-Chant, recourbé comme une proue.

Agenouillé, dom Maxence fait « satisfaction » : son arrivée tardive après une nuit anxieuse lui valut cette peine. Son regard s'abolit dans les dalles noires lustrées de cire. L'église n'est qu'une perspective rayonnant autour de cet homme immobile qu'emporte un tourbillon intérieur.

Sa mort apparente se prolonge jusqu'au moment où les moines, après le dernier verset, regagnent les couloirs. Alors, il relève la tête. Hagard, il fixe le mur, devant lui. C'est aujourd'hui qu'il doit sortir. Lentement le mur s'écroule. A coups de désirs-lueurs ses yeux fatigués l'abattent. Mon Dieu ! Mon Dieu ! L'immense jouet du monde est là, bariolé, dans le vent et le soleil !

Soudain, de son corps se lève un autre dom Maxence qui tremble un peu puis se précise et s'en va aux tâches journalières. Ici et là, allant et revenant, il suit la rainure complexe de l'horaire. Il monte à l'autel, une sonnette illusoire draine son cuivre à ses oreilles fantômes. Il rêve l'extase de la Messe, il rêve la gloire de Dieu et le bienfait de la sainte Nourriture, il rêve le cloître frais, les triangles d'ombre et de feu. Il rêve le retour dans sa cellule, le grand travail dans lequel il n'avancera pas aujourd'hui, la page encore à demi-blanche, avec cette phrase au mot décroché... Mais voilà que les deux Maxence, dans un déclic se rapprochent et coïncident : un Frère vient d'apporter sur la table cet objet insolite, inouï : une valise...

Dom Norbert recueille dans un bref adieu toute sa gravité affectueuse. Puis dom Maxence fait quelques pas : autant d'efforts énormes ; à la porte de la grande clôture, les deux hommes se séparent et le moine, de ses épaules penchées, de ses mains alourdies, accepte la bénédiction.

Autres couloirs, autres souhaits de dom Paul, puis c'est la petite clôture, et enfin la route. Elle était donc si proche, cette route ?

L'abbaye, la grande châsse, vue de l'extérieur ! La brise d'est en polit le vieil argent. Le soleil forge à feu vif les tours éclatantes. Et ce cadran aux grosses joues, les aiguilles de travers dans sa bouche étroite, ce cadran-despote qui une fois encore annonce dix heures de sa voix ridiculement forte...

La route, la route sourde sous ses pas qui depuis sept ans ne connaissent plus que les multiplications puériles du carrelage ! Elle descend sous bois vers la vallée qui grésille dans la chaleur. Dom Maxence se hâte, ivre de grand air. Les arbres, les brins d'herbe, ce chariot dont l'essieu crisse, ce cheval qui affirme de la tête, ce paysan musclé aux yeux pleins de bonheur...

Déjà s'éloignent les cloches, déjà il se sépare du passé qui enveloppe comme une musique, comme une lumière, le sommet de cette colline, *Benedictus montes amabat...*

Le ravin s'ouvre : des rails au tire-ligne écornent un coin de l'aquarelle, la petite gare cligne de sa lucarne et, blottie dans les feuilles que lutine le vent, bouge son dos rouge...

Des hommes... Dom Maxence revoit dans une brume les yeux blafards de dom Norbert, écoute sa voix qui chante du latin. Puis, tout cela s'efface. Des hommes. Le seuil de la gare. L'encens grossier d'une cigarette. Le guichet : dans ses doigts ce rectangle explicite avec un mot : ANNECY...

Le cri rugueux d'un sifflet précède le train qui racle le quai de son souffle chaud. Il repart après peu de secondes ; par la vitre, dom Maxence voit la montagne pivoter, le monastère tourner, se distordre au jeu des perspectives, se pencher comme s'il voulait retenir la contemplation du moine fugitif.

Insidieusement se referme le rideau d'un talus. Et soudain, un sanglot vous secoue, André Marvillac : la vie vient de vous reprendre, comme une femme ivre de vengeance...

# II

*André Marvillac*
*À Madame Marise Fortier.*

## PAX.

Non, mon amie, je n'aurai pas la joie sublime de vous revoir ; je tends ma volonté jusqu'à la folie pour vous dire : ne venez pas. Je vous sais gré, infiniment, du réconfort que m'a valu votre lettre : c'était le seul qui, venant de ce monde, pût atténuer quelque peu ma misère.

La justice humaine n'a pas été rigoureuse pour moi. Deux ans de détention, telle est la peine qu'on m'a dosée au cours d'une féroce et claire analyse qui a duré plusieurs audiences...

Au point où j'en suis, revoyant nos années révolues, le cœur pénétré de cette sérénité qui descend dans nos divines retraites, je me sens absous par mon sacrifice. Aujourd'hui, enfin, je suis affranchi de ce lourd secret que j'ai si longtemps porté seul parce que je ne voulais pas que votre nom fût exposé à la malignité ou profané dans les prétoires.

Notre tort fut d'ignorer la sévérité de la vie et de croire que la vérité était facile. La vie ! Nous avons oublié le fond de cruauté sur lequel elle coule. Les vivants se laissent aller au fil de l'eau, de cette eau peu profonde où palpitent et fuient les apparences : l'art est de se maintenir à la surface. Les heureux y restent parfois assez longtemps, et un obscur génie apprend à notre instinct les mouvements qu'il faut faire pour y demeurer. Mais, tôt ou tard, surviendra pour tout homme le moment où il touchera le roc : et alors, il saura que ce roc est fait d'une implacable douleur.

Dans deux ans, je retournerai à Aubemont. Je ne vous verrai plus jamais, mon amie, et cette lettre est la dernière. Les mots que je viens de tracer m'épouvantent : la mort, la fatalité des séparations définitives pèsent sur eux. Dans le désert de ma désolation, puisque tout m'est hostile et que bientôt la solitude éternelle va se refermer sur moi, laissez-moi tenir vos mains quelques minutes encore, laissez-moi prolonger quelque peu, en tremblant, cette dernière joie baignée de larmes.

La destinée fut sans pitié pour nous, mais si mon amour m'a tant coûté, du moins aurai-je connu avant de mourir le lien le plus sublime qui puisse unir une créature à une autre. Dieu a voulu que cette félicité fût achetée au prix d'une infinie souffrance. Car, nous aussi, nous avons heurté l'écueil, et nos cœurs s'y sont brisés.

Puissiez-vous désormais n'y plus blesser vos mains frêles, mon amie, ce sera ma plus ardente prière. Je finis cette lettre. J'entends depuis une heure, par la fenêtre aveugle, le pas confus des détenus qui parcourent en cercle la cour géométrique. Mon tour arrive. O vous, que j'ai tant aimée, ma grande tendresse, mon bonheur si pur et dont il ne me reste que des sanglots, ô vous, Marise ! Adieu !

FIN.

Nous tenons à remercier tout spécialement les Archives et Musée de la Littérature et la KBR pour leur soutien sans lequel la collection ne pourrait exister.

www.nevrosee.be

info@nevrosee.be

Achevé d'imprimé en novembre 2021
ISBN 978-2-931048-50-4
Dépôt légal n° D/2021/14.752/1